衛斯理小說典藏版 55

古聲

衛斯理
親自演繹衛斯理
《古聲》

新之又新的序言，最新的

衛斯理小說從第一次出版至今，歷時已近半世紀，總共出了多少正版，還能計得清，若是連盜版一起算，那就算找外星人來算，也算勿清楚哉！不知能不能也算世界紀錄。

算得清好，算勿清也好，能幾十年來不斷出新版，說明不斷有讀者加入，對作者來說，沒有更值得高興的事了，謝謝所有喜歡衛斯理的人，謝謝謝謝。

倪匡

二〇二〇年六月四日 香港

幾句話

寫了四十多年小說，論者將拙作分為三個時期：早、中、晚。在明窗出版的一批，屬於早期和中期的上半。三個時期的創作風格有相當程度的不同，所以風評不一。本人並無偏愛，但讀友對早期的作品，頗有好評，大抵是由於在早、中期作品之中，主要人物精力充沛，活力無窮，所以使故事曲折多變，小說也就格外吸引。明窗出版社此次重新出版這批作品，正好讓大家來證明這一點。

四十餘年來，新舊讀友不絕，若因此而能有新讀友，不亦快哉！

倪匡

二〇〇五年十一月六日

序言

〈古聲〉創作的正確日子已記不清了，至少有二十年了吧，這個故事的設想，十分奇特，最妙的是，幾年前，報上有消息，說科學家正致力於在古代的陶瓷器中尋找古代的聲音，理論根據和〈古聲〉的設想，簡直一模一樣，當時看了這消息，心中着實高興了好一陣子。

人類對聲音的保存方法知道得太少，實在是一大憾事，以至許多歷史上重大的事件，都成了疑案。看看現在記錄，保存聲音的普遍，可知人類科學還是在進步之中。

一個好的設想，並不代表一篇好的小說，〈古聲〉設想奇佳，故事卻普通。

〈盡頭〉是衛斯理故事中對人性譴責得極盡嚴厲的一篇，題目表示，人類已走到了盡頭，到了末路，表示對人性醜惡的深惡痛絕。

誰能拯救人類？

衛斯理（倪匡）

一九八六年十一月十六日

目錄

古聲

目錄

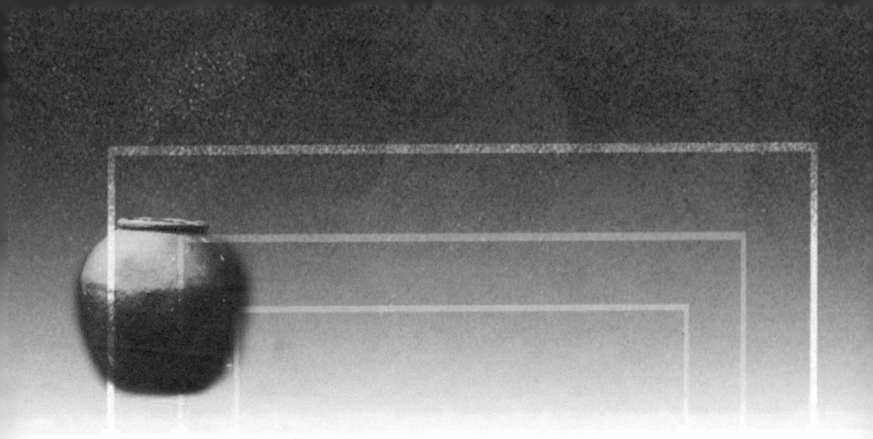

古聲

第一部

錄音帶上的怪聲音

天氣很陰沉，又熱，是叫人對什麼事都提不起勁來的壞天氣，起身之後，還不到一小時，我已經伸了十七八個懶腰，真想不出在那樣的天氣之中，做些什麼才好，當我想到實在沒有什麼可做時，又不由自主，接連打了好幾個呵欠。

白素到歐洲旅行去了，家裏只有我一個人，使得無聊加倍，翻了翻報紙，連新聞也似乎沉悶無比。

我聽到門鈴響，不一會，老蔡拿了一個小小的盒子來：「郵差送來的。」

我拿起那隻木盒子來看了看，盒上註明盒中的東西是「錄音帶一卷」，有「熊寄」字樣。

我想不起我有哪一個朋友姓熊，盒子從瑞士寄來，我將盒子撬了開來。木盒中是一個塑膠盒，塑膠盒打開，是一卷錄音帶。這一天到這時候，精神才為之一振。

磁性錄音帶，是十分奇妙的東西，從外表看來，每一卷錄音帶都一樣，甚至連錄過音，或是未錄過音，也無法看得出來。

但是如果將錄音帶放到了錄音機上，就會發出各種不同的聲音。沒有人能夠猜得到，一卷錄音帶上，記錄着什麼聲音。

我立時拉開抽屜，在那個抽屜中，是一具性能十分良好的錄音機，我將那卷錄音帶放了上去，按下了掣，我聽到了一個中年人低沉的聲音：「衛先生，我是熊逸。你並不認識我，我是德國一家博物院的研究員，我和令妻舅白先生是好朋友，昨天我還會晤過尊夫人，她勸我將這卷錄音帶寄給你。」

我聽到這裏，欠了欠身子。

我本來就記不起自己有什麼朋友是姓熊的，原來是白素叫那位先生寄來的，那麼，這卷錄音帶中，究竟有什麼古怪呢？

這時，我已覺得自己精神充沛，對一切古怪的事，我都有着極度的興趣，最怕日子平凡，刻板得今天和昨天完全一樣，沒有一點新鮮。

用心聽下去，仍然是那位熊先生的聲音：「短期內我有東方之行，所以現在，先想請你聽聽這錄音帶中記錄下來的聲音，不知你會對這些聲音，有什麼看法。」

那位熊先生的聲音到這裏，便停了下來。

接着，便是約莫十五秒那輕微的「絲絲」聲，那表示錄音帶上，沒有記錄着任何聲音。

我正有點不耐煩時，聲音來了。

先是一陣「啪啪」的聲響，像是有人在拍打着什麼，那種拍打聲，節奏單調而沉緩，聽了之後，有一種使人心直向下沉的感覺。

那種「啪啪」聲，持續了約莫十分鐘。

再接着，便是另一種有節奏的聲響，我很難形容那是什麼聲音，那好像是一種竹製的簡陋樂器所發出來的「嗚嗚」聲，多半是吹奏出來的。

我自己對自己笑了一下，心中在想，那位熊先生不知究竟在搗什麼鬼，寄了一些這樣的聲音來給我聽，莫非要知道我今天會覺得無聊，是以特地弄些莫名其妙的東西來，好使我覺得有趣？

聽了兩分鐘，全是那單調的聲音，「啪啪」聲和「嗚嗚」聲還在持續，我不由自主，又打了一個呵欠。

可是我那個呵欠還未曾打得完，口還沒有合攏來，便嚇了老大一跳，那是因為在錄音機中傳出來的一下呼叫聲。毫無疑問，是一個女人的呼叫聲。

我之所以給那一下呼叫聲嚇了一大跳，是因為在那女子的呼叫聲中，充滿了絕望、悲憤，那種尖鋭的聲音，久久不絕，終於又變得低沉，拖了足有半分鐘之久，聽了令人心悸。

我在一震之後，連忙按下了錄音機的停止掣，吸了一口氣，將錄音帶倒轉，再按下掣，因為我要再聽一遍那女人的尖叫聲。

當我第二次聽到那女子的尖叫聲之際，我仍然有一陣説不出來的不舒服，剎那之間，有坐立不安的感覺。因為一個人，若不是在絕無希望，痛苦之極的心情之下，決不會發出那樣的聲音。

我皺眉，再用心聽下去，只聽得在那女人尖鋭的呼叫聲，漸漸轉為低沉之後，便是一陣急速的喘息聲，再接着，聲音完全靜止了。

然後，那種「啪啪」聲和「嗚嗚」聲，再度響起，再然後，我聽到很多人在唱，那是男男女女的大合唱，也無法分辨出究竟有多少人在唱着，聲音低沉、含混，每一句的音節，只有四、五節，而每一句的最後一個字，聽來都是

「SHU」。

那好像是在唱一首哀歌，我注意到那種單音節的發音，那是中國語言一字一音的特徵，是以我竭力想出這些人在唱些什麼。

可是我卻沒有結果，我一句也聽不出來，我接連聽了好幾遍，除了對那個「SHU」字的單音感到有很深的印象之外，也沒有什麼新的發現。

這種大合唱，大約持續了五分鐘，接着，又是一種金屬器敲擊的聲音，然後，便是一種十分含混不清的聲音，根本辨別不出那是什麼來。

這種含混不清的聲音，繼續了幾分鐘之後，那卷錄音帶，已經完了。

我又從頭到尾，再聽一遍，若有人問我，錄音帶中記錄下來的那些聲音，究竟有什麼意義，我一點也說不上來。

而如果要我推測的話，那麼，我的推測是：一個女人因為某種事故死了，一大群人，在替她唱哀歌，這個推測，我想是合乎情理的。

自然，我也無法說我的推測是事實，我只能說，那比較合乎情理，至於那些聲音，究竟代表着一件什麼事，只有去問那個寄錄音帶給我的熊逸先生了。

我是個好奇心十分強烈的人，是以我立時拿起電話來，當長途電話接通德國那家博物院時，我得到的回答是：熊逸研究員因公到亞洲去了。

我的心中，悵然若失，我知道他一定會來找我，解釋寄那卷錄音帶給我的目的，和那些聲音的來源。

可是我是一個心急的人，希望立即就知道這些難以解釋的謎。

那一天，接下來的時間，我一遍又一遍地聽着那卷錄音帶，不知聽了多少遍。

是以，當天色漸漸暗下來，我想靜一靜的時候，卻變得無法靜下來了，在我的耳際，似乎還在響着那種四個字一句，五個字一句，調子沉緩的歌，和那種給人印象深刻的「SHU」、「SHU」聲。

我嘆了一聲，覺得必須輕鬆一下，至少我該用另一種音樂，來替代那種歌聲在我腦中所留下的印象，是以我特地到了一個只有少年人才喜歡去的地方，在那種吵耳的音樂之下，消磨了一小時，然後又約了幾個朋友，在吃了晚飯之後，才回到了家中。

我在晚上十一時左右回家，我一進門，老蔡便道：「有一位熊先生，打了好幾次電話來找你，他請你一回來，立即就到……」

講到這裏，取出了一張小紙條來：「到景美酒店，一二〇四室，他在等你！」

我不禁伸手在自己的頭上，敲打了一下，我就是因為心急想知道那卷錄音帶的來由，感到時間難以打發，是以才出去消磨時間的，卻不料熊逸早就到了！

我撥了一通電話到景美酒店，從熊逸的聲音聽來，他應該是一個很豪爽的人。我在電話中和他並沒有說什麼，只是告訴他，我立即來看他，請他不要出去，然後，帶着那卷錄音帶飛車前往。

二十分鐘之後，我已站在酒店的房門外，我敲門，熊逸打開門讓我進去。

我們兩人，先打量着對方，再互相熱烈地握手，熊逸是一個面色紅潤的高個子，我的估計不錯，這一類型的人，熱誠而坦白。

我也不和他寒喧，第一句就道：「聽過了這卷錄音帶，你將它寄給我，是什麼意思？」

熊逸皺着眉：「我想聽聽你的意見。」

我攤手道：「我的意見？我有什麼意見，我不知道那聲音的來源，有什麼意見可以發表？」

熊逸點頭道：「是比較困難些，但是，我也一樣不知道那些聲音的來源。」

「你那樣說，是什麼意思？」我心中十分疑惑。

「那卷錄音帶，是人家寄給我的，」熊逸解釋着：「寄給我的人，是我的一個老同學，學考古。」

我仍然不明白他在講些什麼，只好瞪大着眼望着他，我發現熊逸這個人，可能在考古學上有大成就，但是他至少有一個缺點，那就是他講話條理欠分明。

他呆了半晌，像是也知道我聽不懂他的話，所以又道：「我的意思是，他將那卷錄音帶寄給我。同時來了一封信，說他立刻就來見我。」

熊逸講到這裏，忽然苦笑了一下。

我決定不去催他，一個講話條理不分明的人，你在他的敘述之中，問多幾個問題，他可能把事情更岔開去。

我等着，熊逸苦笑了一下：「只不過他再也沒有見到我，他的車子，在奈華達州的公路上失事了，救傷人員到達的時候，他已經死了。」

我又不禁皺了皺眉，現在，我至少知道熊逸所說的那個朋友，是住在美國的。

熊逸又道：「調查的結果，他是死於意外的，可是，我總不免有點懷疑。」

我聽到這裏，實在忍不住了：「你懷疑什麼呢？在美國，汽車失事是極為普通，你懷疑他不是死於汽車失事，又有什麼根據？」

熊逸苦笑着：「沒有，我不是偵探，我只是一個考古學家，但是你知道，一個考古學家，也要有推論、假定、歸納、找尋證據的能力，實際上，考古學家的推理能力，和偵探一樣！」

我無可奈何地笑了笑，熊逸的話，可以說是一等一的妙論，但是，想要駁倒他這一番話，倒也不是三言兩語可以解決。所以，我決定不作聲，由得他講下去，他停了半晌，又道：「那個朋友將這卷錄音帶寄了給我，他只是在錄音帶首，講了幾句話，他說，這卷錄音帶是他在一個極其偶然的情形下記錄下來的，他必須和我商量這件事，他將盡快飛到德國來與我會晤。我的好奇心十分強烈，立時打長途電話去找他，他已經走了，而在幾小時之後，我就接到了他失事的消息。」

「是誰來通知你的？」我又忍不住問，因為一個人在美國失了事，而另一個人在德國立即接到了消息，這未免太快了些。

熊逸回答道：「是這樣，我打電話到他服務的那家博物院去的時候，曾留下我的電話號碼，請他的同事，一有了他的消息，就通知我，我也絕想不到，竟會接到了他的死訊。」

我嘆了一聲：「生死無常！」

熊逸道：「我懷疑，因為兩點，第一、他既然決定前來見我，為什麼不將這卷錄音帶帶來給我，而要先寄來給我？這證明他知道可能遭到什麼危險，所以才那樣做，第二——」

我不等他講出第二點理由是什麼，就忍不住哈哈大笑了起來。

我一笑，熊逸自然無法再講下去了，他瞪大了眼睛，像是不知道我在笑什麼。

我道：「熊先生，你可能是一個很出色的考古學家，但是你決不是一個好的偵探，你的第一點的懷疑，決不成立！」

熊逸十分不服氣地道：「為什麼？」

我揮着手：「你想想，你也是決定要來和我會面，卻又先將那卷錄音帶寄來給我的，難道你也是知道了自己有什麼危險，所以才那樣做？」

當我舉出這個理由來反駁熊逸的時候，我臉上一定有着十分得意的神情，因為我所提出來的理由，根本是熊逸無法不承認的。

果然，熊逸不出聲了。

熊逸雖然不出聲，但是他的神情，卻來得十分古怪，他的面色，變得很蒼白，而且，還有很驚惶的神情，他甚至四面看了一下，然後，又吞下了一口口水。雖然他始終沒有說什麼，但是我心頭的疑惑，卻是愈來愈甚，我問道：

「你怎麼了？」

熊逸卻分明是在掩飾着：「沒有什麼，你不要聽我第二個理由？」

我心中暗嘆了一聲，看來熊逸是一個死心眼的人，明明他第一點的懷疑已經不成立了，他還要再說第二點，可是他要說，我又不能不讓他說，是以只好點了點頭：「第二點是什麼？」

熊逸卻又停了好一會，才道：「他駕駛術極好，十分小心，他的車子出事時，撞出了路面，連翻了好幾下，警方估計當時時速在一百里以上，他決不是開快車的人！」

我皺了皺眉，熊逸這個懷疑，其實也毫無根據，因為就算是一個父親，也不知道自己的兒子，什麼時候，情緒不穩定起來會開快車，何況只不過是兩地相隔的朋友！

但是，我卻沒有反駁他，我只是以開玩笑的口吻道：「還有第三點懷疑麼？」

熊逸搖了搖頭。

我決定不再和熊逸討論他在美國那位朋友的汽車失事，所以，我將話頭拉了回來，我道：「那麼，對這卷錄音帶的聲音，你有什麼意見？」

熊逸道：「我去請教過幾個人，他們都說，那樣簡單的節奏，可能是一種民謠，我自己則斷定，那民謠是中國的，或者東方的。」

對於熊逸的這種說法，我大表同意，我又補充道：「從調子那麼沉緩這一點聽來，那種民謠，可能是哀歌。」

熊逸的神情，突然變得緊張了起來：「你自然也聽到了那女子的尖叫聲？」

「是，」我立時道：「這一下尖叫聲，就算是第一百遍聽到，也不免令人心悸。」

熊逸壓低了聲音：「我認為那一下尖叫，是真正有一個女子在臨死之前，所發出來的。」

我被熊逸的話，嚇了一跳：「你……以為這其中，有一件命案？」

熊逸的神色更緊張，也點着頭，緊抿着嘴。

我吸了一口氣：「你是說，那件命案發生的時候，你那位朋友恰好在場，他錄下了那聲音，寄來給你？」

熊逸因為我說中了他心中所想的事，是以大大地鬆了一口氣，可是我卻又忍不住笑了起來。

這實在太荒謬了！

一個人，如果湊巧遇到了一件命案，而又將命案發生的聲音，記錄了下來，那麼，他自然應該將這卷錄音帶，交給當地的警方，而絕找不出一個理由，要寄給一個遠在異地的考古學家。

我一面笑着，一面將心中所想的講了出來，熊逸卻固執地道：「自然，這其中可能還有別的原因，只不過我一時間想不出來！」

我沒有再出聲，熊逸十分固執，這一點，我早已料到，但是，他竟固執到這一地步，我卻未曾料到。

熊逸好像也有點不好意思，他在沙發中不安地轉了一個身：「你可知道我為什麼要將這卷錄音帶交給你？」

我搖頭：「想不出。」

熊逸道：「我曾和不少人，一起聽過這卷錄音帶，他們都一致認為，錄音帶中所記錄的那種節奏單調的歌詞，是用中國話唱出的。」

我立時點頭：「我也這樣認為。」

熊逸道：「白先生說，你是中國方言的專家，所以，我希望你能夠辨別出，當中唱的是一些什麼話，那麼對了解整件事，會有莫大幫助！」

我道：「自然，如果可以聽得懂他們在唱些什麼，就好辦了，但我聽了好多遍，卻一個字也聽不出來，只怕要令你失望了！」

熊逸果然現出十分失望的神色來，他呆了半晌：「真的一個字也聽不出來？」

我攤了攤手：「一個字也聽不出，熊先生，推斷那是中國話，只不過是因為那種單音節的發音，但世界上仍有很多其他語言，也是單音節發音的，例如非洲的一些土話，印度支那半島上的各種方言，海地島上的巫都語。」

熊逸皺起了眉，好一會不出聲，才道：「你不能確定那是什麼語言？」

我苦笑道：「有一個辦法，可以檢定那是什麼語言。」

熊逸忙問道：「什麼辦法？」

「用電腦來檢定。」我的回答很簡單。

熊逸「啊」地一聲，伸手在自己的頭上，拍了一下：「我怎麼沒有想到這一點！」

他一面說，一面站了起來，在房間中，急速地踱着步，然而他又道：「但如果那根本不是世界任何角落的語言，只是某些人自創的一種隱語，那麼，就算是電腦，也沒有法子！」

我望着他：「你又想到了什麼？」

熊逸顯然十分敏感，他立時道：「你別笑我！」

我道：「你連想到了什麼都未曾講出來，我笑你什麼？你究竟想到了什麼？」

熊逸沉聲道：「你知道，在美國，什麼古怪的事都有，有很多邪教、幫會，都有他們自己所創造的一種語言——」

熊逸講到這裏，停了一停，像是想看看我的反應，我這次，並沒有笑他，因為他的分析，很有理由。

美國有許多邪教的組織，那是人所盡知的事，荒唐得難以言喻，他們往往會用極殘酷的法子來處死一個人。

第二部

一隻奇異的陶瓶

當我想到了這一點的時候，我的耳際，似乎又響起了那一下女子的尖叫聲。

我的神情，也緊張了起來，我忙道：「你有錄音機嗎？我們再來聽聽！」

熊逸自然知道我要聽什麼，他取出了一具錄音機，將那卷錄音帶放了上去。

於是，我又聽到簡單的拍打聲，和那一下，令人神經幾乎閉結的女子尖叫聲。

我們也聽到了那似乎是哀歌一樣，單調沉緩的歌聲，這一切，如果說是一個什麼邪教組織，在處死了一個女子之後，進行的儀式，那真是再恰當也沒有了，我的面色，也不禁有些發青！

我們聽完了那一卷錄音帶，熊逸關上了錄音機，我們好一會不說話，熊逸才道：「現在，你認為我的推斷有理由？」

我點頭：「雖然我想不通，何以你的朋友要將之寄給你，但是我認為，一定有一個女子被謀殺，你應該和美國警方聯絡。」

熊逸卻搖頭道：「不！」

我的提議很合情理，但是熊逸卻拒絕得如此之快，像是他早已想定了拒絕的理由，這又使我覺得很詫異。

熊逸接着又道：「我那位朋友，將錄音帶寄給我，一定有特別的理由，我想，他知道美國警方，根本無力處理這件事。」

「那麼，寄給你又有什麼用呢？」

「他希望我作私人的調查！」

我實在不知道我該如何接口才好，我只是皺着眉，一聲不出。

熊逸又道：「而現在，我邀你一起去作私人調查！」

我仍然不出聲，沉默在持續着，過了好幾分鐘，我才道：「我可以和你一起調查一下，但只要我們的工作稍有眉目，我仍然堅持這件事，該交給警方處理。」

熊逸道：「到了那時候再說，我認為我的朋友，也死在邪教組織之手。」

我的心頭不禁感到了一股寒意，我道：「你不見得想向那邪教組織報仇吧！」

熊逸卻咬牙切齒：「當然是！」

我苦笑了一下：「那樣說來，我們兩個人，也在組織一個邪教了！」

熊逸瞪着眼：「什麼意思？」

我道：「我認為，凡是摒棄文明的法律，以落後觀念來處理一切的行動，都和邪教行動沒有分別。」

熊逸又呆了半晌，才道：「我們可以在調查得真相之後，再要求警方協助。」

我不想再和熊逸爭辯下去，因為我覺得熊逸答應也好，不答應也好，除非我們根本不去調查，否則，一定要和當地警方聯絡的。

熊逸見我不出聲，他又道：「你對這件事的看法，究竟怎樣，準備從何調查起？」

我皺着眉：「很難說，一點頭緒也沒有，如果要展開調查的話，我想只有先到他工作的地點去了解一下他平日的生活情形，假定他和一個邪教組織有了衝突，我們第一步工作，至少要證明是不是有此可能。」

熊逸握着我的手：「那麼一切都委託你了！」

「一切都委託我？」我不禁愕然：「那是什麼意思？你不理麼？」

「我當然要理，」熊逸急忙解釋着：「但是我因為公務，要到高棉的吳哥窟去一次，至少要耽擱一個多月，才能來與你會合！」

我不禁又好氣又好笑，這傢伙，一開始的時候，他如果說他根本是有公務在身的話，只怕我睬也不會睬他，但是事情發展到了現在，我欲罷不能了。

我攤了攤手：「你倒好，將這樣的一個爛攤子交給我，自己走了！」

熊逸道：「我無可奈何啊！」

我道：「算了，我根本不認識你那位朋友，無頭無腦去調查，誰會理我？」

熊逸忙道：「那你放心，這位遇到了不幸的朋友，姓黃，叫黃博宜，他工作的那個博物院院長，也是我的好朋友，我給你一封介紹信。」

他取出了一隻手提打字機來，迅速地打起介紹信來。我的腦中，十分混亂，聽着打字機那種單調的「得得」聲，又使我想起了那卷錄音帶上那種節奏單調的敲擊樂器的聲音。

我覺得，錄音帶上的那種樂器的聲音，雖然簡單、沉緩，但是卻也決不是隨便敲得出來的，那種簡單的樂音，聽來有着深厚的文化基礎。

我在呆呆地想着，熊逸已經打好信，簽了名，將信交給我。我草草看了一遍，熊逸在信中，對我着實捧場，將我渲染成為一個東方古器物專家，東方語言專家，以及一個對任何事情都有深刻研究的人。事實上，世界上不可能有這樣的人。

我抬起頭來：「說得那麼好，過分了吧！」

熊逸笑道：「一點也不過分，如果不是你的年紀太輕，我一定要加上一句，當年周口店發掘北京人，你和裴文中教授，共同負責！」

我真給他說得有點啼笑皆非，忙道：「行了，再下去，你要說我是章太炎的同學了！」

熊逸道：「你不知道那院長的為人，鄧肯院長對東方人很有好感，將你說得神通廣大些，他會崇拜你，你的工作也容易進行！」

熊逸又打好了信封，將信交了給我：「我明天一早就要動身了。」

我和他握手，道：「再見！」

我和熊逸的第一次會見，就那樣結束了。

當然，我和他還有第二次，以及更多的會見，但是那是以後的事，現在自然不必多說。

我回到家中，自己想想，也不禁覺得好笑，天下大概再也沒有像我那樣無事忙的人了，為了一卷莫名其妙的錄音帶遠涉重洋！自然，「莫名其妙」看來根本不成其為我遠涉重洋的理由。但是實際上，正是那使我遠行，因為我若是知道那卷錄音帶的來龍去脈，怎提得起遠行的興趣？

第二天下午，我上了飛機。

旅行袋中，帶着那卷錄音帶，在這兩天中，我又聽了它不知多少次，熟得可以哼出那首「哀歌」。

當我最後幾次聽那卷錄音帶的時候，我甚至和着錄音帶上的聲音，一起唱着。

雖然我絕不知道歌詞的內容是什麼，但是當我加在那男男女女的聲音之中的時候，我心中，也不禁有一種深切的悲哀。

我心中懷疑，一個以殺人為樂的邪教，在殺了一個人之後，不可能發出如此深刻哀切的歌聲！

然而當我懷疑到這一點的時候，我又不禁自己問自己：在什麼樣的情形下，殺了一個人，又會對這個人的死亡，顯出如此深切的哀悼？

我當然得不到答案！

我一直在神思恍惚之中，整個旅程，心不在焉，直到我到了目的地，在酒店中休息了一夜，第二天上午，帶着熊逸的信，去求見鄧肯院長時，我才極力使自己鎮定下來。

鄧肯院長在他寬大的辦公室中接見我，看了熊逸的介紹信之後，這位滿頭銀髮的老人，立時對我現出極其欽佩的神情，他站起來，熱情地和我握手：「或許是由於我個人興趣的關係，我們院中，收藏最多的，就是東方的物品！」

我忙解釋道：「我並不是來參觀貴院，我是為了黃博宜的死而來。」

鄧肯院長卻根本不理會我說什麼，他握住我的手，搖着：「衛先生，既然你是這方面的專家，請來看看我們的收藏！」

我覺得有點啼笑皆非，但是我想到，要調查黃博宜的事，必須他幫忙，如果現在拒絕他的邀請，那會使我以後事情進行不順利。

是以我道：「好的，見識一下。」

鄧肯興致勃勃，和我一起走出了他的辦公室，走在光線柔和的走廊中，鄧肯不住地在說着話，他道：「黃先生是負責東方收藏品的，他真是極其出色的人才，真可惜！」

我趕忙問道：「你對黃先生的了解怎樣？」

鄧肯又嘆了一聲：「他？我簡直將他當作兒子一樣！」

我忙道：「他的生活情形怎樣？」

鄧肯道：「他是一個古物迷，有一棟很漂亮的房子，就在離博物院十里外，可是大多數的時間，他都是睡在博物院中的！」

我抬頭看了看，這座博物院，是一座十分宏大、古老的建築。

凡是那樣的建築，總使人有一股陰森之感，黃博宜敢於一個人在那樣的一棟大建築物之中過夜，他不是特別膽大，就是一個怪人。

我還想問一些問題，但是鄧肯已推開一扇門，那是一間寬大的陳列室，陳列的是中國銅器，從巨大的鼎，到細小的盤，應有盡有，幸而我對中國的古董，還有點知識，是以這個「專家」的頭銜一時倒也不容易拆穿。鄧肯愈談愈是興奮。

參觀完了這一間陳列室之後，他又將我帶到了陶器的陳列室，在那裏，有很多馬廠時期的三彩陶，都還十分完整，鄧肯指着一隻陶瓶：「你看這上面的紋彩，那時，歐洲還在野蠻時代！」

我苦笑了一下：「中國是文明古國，但是作為現在的中國人，我並不以此為榮，這就像是知恥的破落戶，不想誇耀祖先的風光一樣，人家進步得那麼快，我們卻愈來愈落後！」

鄧肯拍着我的肩頭：「別難過，小伙子，藝術的光彩是不會湮沒的。」

我一件一件地看過去，看到一張巨大的辦公桌上有一隻細長的長瓶，那瓶的樣子很奇特，瓶頸很長，很細，上着黑色的釉，看來光滑可愛，我將那隻瓶拿了起來：「這是什麼時代的東西？」

鄧肯道：「根據黃先生的推斷，這是春秋時代的精美藝術品！」

我順口問道：「那麼，為什麼不將它陳列起來？」

鄧肯道：「本來在陳列櫃中，但是黃先生卻說這隻瓶有極高的價值，他專心研究這隻瓶，已研究了半年多了，你看它有什麼特色？」

我在拿起這隻瓶來的時候，已經覺得瓶的樣子很奇特，瓶的黑釉，十分堅實，而且，在釉層上，有着許多極細的紋。

我道：「的確很奇怪，我未曾見過那樣的陶瓶。」

鄧肯趁機道：「據我所知，黃先生的研究，還沒有結果，閣下是不是肯繼續他的研究？」

我忙搖手道：「我不能勝任這樣專門的工作。」

鄧肯道：「衛先生，你太客氣了，我們博物院，已籌得了一大筆款項，正準備擴大收藏東方的珍品！尤其是中國的珍品，正需要像你那樣的人才來負責，我們可以出很高的薪水——」

聽到這裏，我不得不打斷他的話頭，老老實實地告訴他：「鄧肯院長，我到這裏來，並不是對貴院收藏的資料有什麼興趣，而只是對黃先生的死來作私人的調查，我想你應該明白，我絕沒有可能留下來為博物院工作。」

鄧肯現出十分失望的神色來。

但是他顯然是一個十分樂觀的人，因為就算在失望之餘，他又立時有了新的打算，他笑道：「那麼，當你逗留在這裏的時候，希望你盡量給我們寶貴的意見。」

我也不禁笑了起來：「好的，我一定盡我的能力，現在，我有幾件事請你幫忙。」

「你只管說！」他很快地答應着。

「第一，」我說，「我需要黃博宜留下的一些文件，我希望可以找到和他私人生活有關的記錄，以明白他的死因。」

「那很容易，自他死後，他的一切，都沒有人動過，全在這間辦公室。」鄧肯說，接着，他又表示疑惑：「他不是死於交通失事麼？」

「是的，我也相信是，但是其中又有一個極其細微的疑點，這種小小的疑點，警方通常是不予接納，所以我只好作私人的調查。」

鄧肯點着頭：「你可以使用這間辦公室，作為你辦公——我的意思是研究黃先生遺物的所在。」

「謝謝你，」我衷心地感謝他的合作：「還有，黃博宜生前的住所——」

「他死後，沒有親人，是以鑰匙由警方交給了我，我已登報出售他的住宅了，但是還未曾有人來買。」

我忙道：「請你告訴我他屋子的住址，和將鑰匙給我，我要到他房子去看看。」

「可以！」鄧肯有求必應。

他將我帶到了他的辦公室，取出了一串鑰匙來給我，又將黃博宜那屋子的住址，畫了一個簡單的草圖。根據他的敘述，大約駕車十五分鐘，就可以到達了。

我向他告辭，他一直送我到博物院的門口，我上了車，駛向黃博宜的住宅。

十分鐘之後，我發現黃博宜的住宅，相當荒僻，那裏，每一棟房子的距離，都在兩百尺以上。

而車子上了一條斜路，落斜坡之後，另有一條小路，通向黃博宜的住宅，在那裏，只有這一棟房子。

房子的外形，看來並沒有什麼特別，是典型美國中產階級居住的那種平房，房子前，有一個花園。可是當我看到了這所房子時，我不禁愕然，因為在房子的花園前，停着四五輛摩托車。

而且，花園的門也開着，屋中還有音樂聲傳了出來，絕不像是空屋！

我幾乎以為我是找錯了地方，我停下車，取出鄧肯畫給我的草圖，對照一下，肯定了我要找的，正是這棟房子之後，我才下了車，來到了屋子面前，走進了花園，我發現屋子的窗子，有好幾扇打開着。

我不從大門中進去，先來到了窗外，向內張望了一下，我看到屋中，有十來個青年男女，有的在擁吻，有的抱在一起沉睡，有的幾個人抱成一團。

那幾個男的，幾乎都赤着上身，而女的，則根本和不穿衣服差不了多少。

地上，全是古裏古怪的衣服，和一串串五顏六色的項鏈，啤酒罐到處都是，那些長頭髮的年輕男人，肆無忌憚在摸索那些女郎的胴體。

我看到了這樣的情形，連忙向後退了一步，蹲下身來。

窗外是一排矮樹，當我蹲下身來之後，我倒不怕被屋中的人看到，而且，從屋中人的那種神情看來，他們一定曾服食過毒品，也不會注意屋外的動靜。

我的腦袋十分混亂，這是我蹲下來的原因，因為我必須想一想，究竟發生了什麼事情。

從這群人的樣子來看，他們正是在美國隨處可見的嬉皮士。

但是，他們又怎會在黃博宜的屋子中的呢？

這一群嬉皮士，是不是就是我和熊逸懷疑的邪教組織呢？邪教組織，和嬉皮士，只不過是一線之隔，那是眾人皆知的事。

我想了一兩分鐘，知道單憑想像，得不到答案，必須進去和他們會面。

我先來到了門外，將那五六輛摩托車的電線割斷，然後我又回到了大門前，大門居然鎖着，這些嬉皮士，顯然全是從窗或是後門進出的，我用鑰匙打開了門，然後，一腳將門踢開，走了進去。

當我大踏步走進去時，我還發出了一聲巨喝：「統統站起來！」

可是，那些男男女女，卻只是個個抬起頭來，懶洋洋地向我望了一眼，像是根本沒有我的存在一樣，有好幾對，又擁吻起來。

我又走前一步，抓住一個男孩子的長頭髮，將他從他的女伴身上，直提了起來，我大喝道：「這是怎麼一回事，誰准你們進屋子來的？」

那大孩子大概不會超過二十歲，他笑着：「別發怒，先生，屋子造了是給人住的，我們發現這屋子是空的，進來利用一下，不是很好麼？」

這是典型嬉皮士的理論，他們要推翻一切舊的傳統，他們視私有財產是一切罪惡的根源，在他們的心目中，看到房子空了，進來利用房子，那是天經地義的事情！

我喝道：「你們來了多久？」

那男孩的女伴，掠了掠長髮：「誰知道？誰又在乎時間？」

我放開了那男孩的頭髮：「你們全別走，我要去報警。」

第三部

邪教總部

一聽到報警，他們都站了起來，一個道：「別緊張，我們走就是。」

那傢伙一說，男男女女便都站了起來，他們說走就走，這一點，倒頗出乎我的意料之外，看來，他們是屬於和平的嬉皮士，不像是什麼邪教的組織。

我忙道：「你們是從哪裏來的？」

幾個人瞪着我，好像我所問的問題，是深奧得難以理解的一樣，接着，他們全體，便都笑了起來，一個女的尖叫道：「我們每一個人，都從媽媽的肚子中來！」

我大聲喝道：「你們來這裏多久了？你們可認識這屋子的主人？」

他們仍在笑着，一個大孩子吊兒郎當地來到了我的身前，側着身，笑嘻嘻地道：「怎麼，你不是這屋子的主人？那麼你為什麼要趕我們走！」

我沉聲道：「等到我說出事實的真相時，你們或者笑不出來了，這屋子的主人，是被謀殺的，他可能正是死在你們這樣的人手中！」

果然，我這兩句話一出口，他們笑不出了，現出駭然的神色，一個男孩子十分小心地反問道：「像我們這樣的人手中，那是什麼意思？」

我加重語氣：「像你們那樣的人，一種荒唐的邪教組織！」

那大孩子忙道：「我們不是這種組織，我們是和平主義者，我們愛自由，崇尚人性的徹底解放，而且，我們只不過在這裏住了一天！」

我望着他們，無論從哪一個角度來看，這些年輕男女，實在都不像殺人兇手，我幾乎已要放他們離去了，但是突然之間，我想到了一點。

我道：「你們別走，我要請你們聽一卷錄音帶，希望你們能提供一些意見。」

那群嬉皮士顯然不知我那樣說是什麼意思，是以他們疑惑地互望着，一個面上還有着雀斑，看來不夠十七歲的大孩子，吹了一下口哨：「什麼錄音帶，可是做愛時的呼叫聲？」

我「哼」地一聲，打開了我隨身攜帶的皮包，取出了那卷錄音帶來：「給我一具錄音機。」

一個女孩子將一具袖珍錄音機交給了我，我就將那卷錄音帶放了出來。

他們倒很合作，用心地聽着，等到錄音帶播完，他們一起向我望來，我道：「你們聽到了，期間有一個女子的尖叫聲。」

「是的。」好幾個人回答。

「你們認為一個人在什麼時候之下，會發出那樣絕望的尖叫聲來？」我又問。

一個年紀較大的遲疑了一下：「臨死時。」

我的神色，變得十分嚴肅：「我認為，這是一個女子被處死時的錄音，你們是嬉皮士，和邪教組織的接觸較多，這種哀歌，是不是和邪教組織的慶典，有什麼類似？」

屋子中靜默着，沒有人回答我。我再問了一遍，仍然沒有人回答我，我只好嘆了一聲：「好，將屋中的垃圾帶走，你們可以離去了，門外的那些車子是你們的麼？其中幾根主要的電線斷了，你們要將它駁好，才能離去。」

那些年輕人，做起事來，手腳倒還乾淨俐落，不到半小時，就已將屋子收拾得乾乾淨淨，他們全都離開了屋子，又過了半小時，我聽到了摩托車發動的聲音。

我到處走了走，黃博宜的房子，有兩間相當大的房間，和兩個廳，還有一個起居室。

我決定睡在黃博宜的臥室中，洗了把臉，在牀上躺了下來。

我才一躺下，就聽得窗上「卜卜」作響，轉頭向窗口看去，只見一個紅頭髮的女孩子，站在窗外，正用手指敲着玻璃窗。

這個紅頭髮的女孩子，在剛才那一群嬉皮士中，我還可以記得她，因為她那一頭紅髮，不知道是天生的還是染成的，紅得惹眼！

我跳了起來，推上了窗子：「什麼事？」

紅頭髮女孩轉頭向身後望了一眼，才低聲道：「先生，剛才我沒有回答你的話，但是我知道，有這樣的一個組織，他們自稱是太陽教的遺裔！」

我高興得難以形容：「請進來，詳細告訴我有關它的情形！」

那紅頭髮女孩搖着頭：「不，我還得追上他們，我參加過一次他們的集會，他們的祭壇，就離這兒不遠，梵勒車廠！」

紅頭髮女孩子一講完，轉頭便奔，快得像一頭兔子，我揚聲叫她回來，可是她頭也不回，轉眼之間就奔遠了。

我站在窗前，心頭怦怦跳着。

果然，在這裏附近，有一個邪教組織在！

那麼，可以證明我和熊逸兩人的推斷是對的！

由於有了這一個新發現，倦意一掃而空，鎖好了屋子，出了門，駕着車，向前駛去，我並不知道梵勒車廠在什麼地方，所以當我的車子，駛過第一所屋子，我看到有一個中年人在推着除草機時，我就停了下來，大聲問道：「先生，請問梵勒車廠在哪裏？」

一般來說，美國人對於有人問路，總肯熱心指導，可是那中年人抬頭向我望了一眼，臉上卻現出了一股極其厭惡的神色。

他根本不睬我，繼續去除他的草，我連問了幾遍，一點結果也沒有。

我只得再駕車前去，一連問了好幾個人，反應全是一樣，不禁使我啼笑皆非，幸而我遇到了一輛迎面駛來的警車。

我按着喇叭，探出頭去，那輛警車停了下來，我忙問道：「請問，梵勒車廠在什麼地方？我問了很多人，他們睬也不睬我！」

警車中有一個警官，和一個警員，那警官也從車窗中探出頭來：「有什麼麻煩？」

我呆了一呆，道：「沒有什麼麻煩，我只不過想知道梵勒車廠，在什麼地方！」

那警官又向我上上下下，打量了幾眼，才道：「看來，你不像是他們那一類人。」

我有點不耐煩，只是道：「請你告訴我，梵勒車廠在什麼地方，我要到那裏去！」

那警官卻仍然不直接回答我的問題，他道：「如果你有兒子或是女兒在那裏，那麼我勸你算了，別替你自己找麻煩，也別為我們添麻煩！」

我實在忍不住了，大聲吼叫了起來：「聽着，我在向你問路，身為一個警員，你是有義務答覆詢問，現在我再問一遍：梵勒車廠在什麼地方！」

那警官十分憤怒，在他身邊的那警員卻道：「他要去，就告訴他好了！」

警官悻然道：「好的，你向前去，第一個三岔路口向左，你會看到一塊路牌，然後，你如果不覺悟，可以到達梵勒車廠，願你能平安！」

我吸了一口氣：「謝謝你！」

這時，我已多少知道人們為什麼不肯和我交談，以及那警官不爽快回答我問題的原因，因為梵勒車廠是一個邪教組織的基地，在那裏，一定有許多稀奇古怪的事情，旁人不肯容忍。

當地居民，可能以為我就是邪教中的一分子，是以我才會接受那麼多鄙夷的眼光。

至於那位警官，他可能是一片好心，因為這一類的邪教組織，向來不許外人胡亂闖入。

但是我還是要去，因為我認為，我的調查工作，開始有點眉目了。

到了三岔路口，向左轉進一條小路，在另一個更狹窄的路口，看到了一塊路牌。

當我才看到那塊路牌的時候，我根本不以為那是一塊路牌，我所看到的是一個奇裝異服的女人，露着雙乳，手向前指着。

那女人栩栩如生，令人以為她是真的，而更怵目驚心的是，在她的胸前，有一大灘血，鮮血還在一點點滴下來。

我停下了車，跳出了車門，才發現那個神情痛苦，像真人一樣的女人，是塑膠製的，製作極其精巧。胸前有一個小孔，在那個小孔中，有「血」在不斷地流出來。

自然，那是這個塑膠人體內的一種簡單的機械裝置的結果，我用手指沾了一些那種「血」，放近鼻端聞了一下，我斷定那是一種化學液體，看來像血而已。

那塑膠人的手，向前指着，而我向前看去，可以看到了一棟建築物。那棟建築物，從遠處看來，像是一座監獄，四四方方的那種，暗紅色的磚牆。

繼續駕車向前駛，到了路盡頭，建築物的四周圍着鐵絲網，在鐵絲網的當中，有一個拱門，拱門上掛着許多五顏六色的流蘇。

在拱門口，站着兩個人。

當我下了車，走近拱門時，我才發現，那兩個人，一男一女，也是塑膠人。

我在門口略站了一站，建築物之前是一大塊空地，停着很多輛汽車，有的是可以使用的，有些車子，破爛不堪了，可能是原來的車廠留下來的。

這棟建築物自然就是梵勒車廠。現在，它不再是車廠，而是一個邪教組織的根本重地，我站了一會，聽到建築物中，好像有一種古怪聲音傳出來。

那種聲音，聽來好像是很多人在呻吟，在喘息。

我向前走去，一直來到了建築物的門口，我推了推門，門鎖着。

我正想再用力去推門時，忽然在我的身後，傳來了一個冷冷的聲音道：

「你找誰？」

我回過頭來，也不禁吃了一驚，因為在我的身後，不知什麼時候，已多了兩個人。

或許是從建築物中發出來的那種聲響，蓋過了那兩人的腳步聲，我不知道他們什麼時候走近我，那兩個人，一時之間，分不出是男是女，頭髮長得驚人，都穿着一件顏色十分鮮艷，像火一樣的顏色的寬大的長袍，看來倒像是阿拉伯人。

從他們的語聲、神情看來，他們對我，顯然充滿了敵意。

我沉聲道：「我——想來參觀參觀。」

那兩人冷冷地道：「你走吧！」

他們一面説，一面已各自抽出一隻手，向我的肩頭之上，抓了過來，用力捏住了我的肩頭。

如果不是他們出手，我一時之間，倒還想不到應該如何對付他們才好，他們既然已經先出了手，那麼，事情就簡單得多了！

我忙道：「放開你們的手！」

那兩人不放手，他們推着我的身子。他們只不過將我推出了一步，我的雙臂便已自下而上，揚了起來，撞在他們的手臂上，將他們的手臂震脱，緊接着，我一腳踢出，踢在其中一人的小腹上，然後，又一掌擊中了另一個人的後頸。

那被我踢中小腹的人，發出了一下嗥叫聲，我正在考慮是不是應該繼續進攻，我身後，那建築物的大門，突然打開！

我聽得一大群人的呼叫聲，接着，我已被那群人困住了。

我完全來不及抵抗，便有好幾個人拉住了我，我踢倒了其中的兩個，但是他們的人數實在太多，我也無法將他們全打倒在地。

不到半分鐘，我已經被他們拖進了建築物。

建築物中全亮着橘紅色的燈光，那種顏色的光線令人感到窒息，使人有置身洪爐中的感覺。

我被七八個人拖了進來，在我被拖進來的時候，仍在竭力掙扎，將在我身邊的人，都迫了開去。

也就在那時，我聽得一下震耳欲聾的呼喝聲，任何人都不可能憑他的喉嚨發出那樣聲響，那自然是擴音器的作用。

隨着那一下巨喝聲之後，所有的聲音、動作，都靜了下來，向聲音的來源看去，只見一個身形異常高大的人，穿着一件金光熠熠的長袍，站在一座台上，雙手高舉着。

那人的頭髮和鬚，盤虬在一起，看不出他是怎樣的一個人，但是他給我的印象，卻極其深刻，因為他那一雙眼睛，在充滿了暗紅光芒的空間中，閃耀着一種異樣的光采。

他高舉着雙手，開始說一些毫無意義的話，我全然聽不懂他在說什麼。

在這時候，我開始打量那建築物的內部，寬宏的空間，看來像是一個大教堂，在裏面的男男女女，大約有兩百來人。隨着那人發出迷幻的、念經也似的聲音，所有的人也都發出同樣的聲音來。

那種毫無意義的字句，喃喃的聲音，構成一種巨大的催眠力量，使人昏昏欲睡。

我向那人走去，那人轉過身來，將他的雙手，直伸到了我的眼前，同時，炯炯有神的眼睛，望定了我。

在那一剎間，我已可以確定這個人，就是邪教組織的首腦，同時，我也可以肯定，他對催眠術有深湛研究！

而這時，他正在對我施展催眠術！

催眠術大概是二十世紀六十年代最不可思議的事情之一，為什麼在經過了若干動作之後，一個人的思想，便能控制另一個人的思想，科學家至今還找不出原因，但是催眠術卻又真的存在！

（一九八六年按：二十世紀八十年代、九十年代，催眠術依然不可思議。）

我對催眠術有相當深刻的研究，所以我一發覺到對方的目光如此異特，我立時沉聲道：「不用對我注視，我能對抗催眠！」

其實，任何人都可以對抗催眠，只要他有對抗催眠的決心，和他事先知道會接受催眠。

我的話，令得那人吃了一驚，但是他那異光四射的雙眼，仍然定注了我，看來他不相信我的話，還想以他高超的催眠術制服我！

我本來還想再提醒他，如果催眠他人不成，被他人反催眠的結果如何，但是一轉念間，我心中立時想到，我到這裏來為了調查事實的真相。

從目前的情形來看，如果我採取正當的途徑，那麼，一定無法在那些人口中，套出任何事實來。

而如今站在我面前的這個人，正是那群人的首腦，如果我可以使他進入被催眠的狀態中，那麼，我就可以命令他將一切他知道的事情講出來，一個人在被催眠的狀態中，所講的話，都是潛意識中所想的，不會有謊話。

那麼，我可以得知事實的真相了。

所以，當我想到這一點時，我就不再警告他，只是和他互望着。

要使一個施展催眠術的人被人反催眠，有兩個辦法。一個辦法是你同時對他施展催眠術，只要你的意志比他堅定，催眠術的造詣比他高，那麼，你就可以將他擊倒，使他被反催眠。

而第二個辦法，則是盡一切可能，抵制他的催眠，那麼，在一定的時間中，他未能對你達成催眠的目的，他自己反倒進入了自我催眠的狀態。

我考慮到對方能夠擁有那麼多信徒，他的催眠術一定極其高超，所以我並不同時施展催眠術，我所採取的是第二個辦法，我要防禦他的催眠，使他的催眠失敗，而令他進入自我催眠的狀態之中。

催眠者要使人進入被催眠狀態，唯一的辦法，就是要使對方的精神集中，所以對抗的方法，也只有一個，那就是使自己的精神分散。

我雖然就站在那人的對面，雙眼也望着那人，可是我卻完全當作沒有這個人的存在，我的腦中所想的，全然是一些不相干的事。我在想中東的舞蹈，在想着八汽缸汽車內燃機汽缸點燃的次序，在想着深海魚類何以會自我發光，我在心中試圖記憶的幾百種股票上漲和下跌的比率，等等。

我的雙腿開始有點發痠，我站立了許久，那人也站立了很久。

我的耳際聽到的，仍然是那些邪教徒的歌唱聲，那使人昏然欲睡，我必須想更多複雜的問題來對抗。

終於，至少在一小時之後，我看到那人雙眼之中的奇異光采，漸漸斂去，他的眼珠，開始變得呆滯。我又忍耐了兩三分鐘，才慢慢揚起右手來。

當我慢慢揚起手來之際，站在我對面的那人，他的右手，也開始揚起。

他的右手才一揚起時，好像還有一點遲疑，但是隨即，他完全照着我的樣子，揚起了他的手。

我緩緩吸了一口氣，用十分低沉的聲音道：「帶我到一個可以供我們兩人密談的地方去！」

我在看到他照着我的樣子，揚起了右手之際，我已經知道，我的計劃成功了！

這時，那人在聽了我的話之後，他的身子，慢慢轉過去，向前走去。

我連忙跟在他的後面，在那時，我才有機會打量一下那兩三百個邪教徒，我發現他們，全都有規律地搖擺着身子，口中發着喃喃的聲響，雙眼發直，在那種暗紅色的光芒下看來，簡直像是一大群幽靈。

這種情形很駭人；我可以肯定，這些人，已經全受了催眠！他們的領袖在對我進行催眠之際，他們全被催眠了！

我深吸了一口氣，保持清醒，然後，追上了那人，那人已掀開了一幅布幔，來到了一條走廊中，接着，便進了一間小房間。

那小房間佈置得十分精美，光線很黯淡，進了房間，他就呆立着。

我低聲道：「坐下！」

那人聽話地坐了下來。

我又問道：「你叫什麼名字？」

那人道：「米契．彼羅多夫．彼羅多維奇。」

從那一連串名字聽來，他是俄國人。

我又道：「我叫你米契，米契，你是什麼身分？」

米契道：「我是太陽教教主。」

「在這以前呢？」我追問。

米契忽然笑了一下：「貧民窟中的老鼠！」

和米契的對話到了這裏，我已完全放心了，因為我深信他已完全在我的控制之下，他連他以前，是貧民窟中的小偷一事，也講了出來，那麼，不論我問他什麼話，他都不會拒絕回答。

我立時單刀直入地道：「你的教曾處死叛徒！」

米契聽得我那樣問，卻現出了一片呆滯的神色來，過了好一會，他才道：

「沒有。」

我呆了一呆，米契在如今這樣的情形下說「沒有」，那決計不可能是他在騙我。但是我卻又沒有法子相信他的話，我又道：「你們殺過人，一個少女！」

米契的樣子更加呆木，像是根本不明白我在說些什麼，我直望着他，提高了聲音：「你們是怎麼對付入教的少女？」

米契對這個問題，反應倒是快，他立時道：「我們將入教的女子洗滌，以驅除她體內的邪惡。」

我又問道：「有人發現了你們的這種儀式，是不是？」

米契的回答是：「通常很少有人發現。」

「有一個叫黃博宜的中國人，曾經發現過，而你將他謀殺了！」我進一步逼問。

但是米契又現出發呆的神情來，那顯然是我的問題一點也接觸不到他的潛意識之故，才使得他不知該如何反應是好。

那就像去詢問一具電腦，尋求答案，但是這具電腦卻根本沒有這種資料儲備一樣。在那樣的情形下，自然什麼回答也得不到！

照現在的情形來看，實在已可以充分證明黃博宜的死，和這個邪教組織無關！

然而，那又怎麼可能呢？那一卷錄音帶上的聲音，又作如何解釋呢？

所以，我仍然不死心，又問道：「你將謀殺扮演為汽車失事，你利用汽車失事，殺了一個人！」

米契緩慢地搖着頭：「沒有！」

我雙手按在他的肩頭上：「米契，你殺過人，你殺過人！」

可是，米契對我的話，一點反應也沒有，他只是搖着頭，緩慢地搖着。

我沒有辦法可想，我後退了幾步，在一張椅子上坐了下來，托着頭，想了好一會，我的腦中，混亂到了極點，當我發現這個邪教組織的時候，我以為一切事情，都可以水落石出了！

可是事情發展的結果，卻和我想像的完全相反！

我沒有理由不相信現在米契所說的話，因為他正在成熟的被催眠狀態之中，他不會說謊。

我呆了好一會，才又問道：「你知道附近還有什麼異教組織？」

米契緩緩地道：「在七百里外有一個異教組織，他們崇奉天上的雲。」

第四部

又一次估計錯誤

七百里外，那顯然和我要追尋的事情無關，我嘆了一口氣，站了起來，來到了米契的身前，用力在他的左頰上打了一巴掌。

然後，我立時離開了那房間。

我知道，半分鐘後，米契就會清醒過來，而半分鐘的時間，已足夠使我離開這裏了。

我來到了外面的大堂，那些教徒，仍然搖擺身着子，在唱着，我也聽到，他們所唱的，和錄音帶上的那種「哀歌」，沒有一點共同之處。

當我駕着車，駛離梵勒車廠的時候，我心中着實沮喪得可以。

本來，一件疑案，以為可以水落石出，但是現在，卻又變得茫無頭緒！

我和熊逸推斷黃博宜是死在一個邪教組織之手，本來那只是我們兩人的推斷，沒有任何事實根據，可是那卻是我唯一可以遵循的路，現在此路不通，我也無所適從了。

駕着車在公路上疾馳，直到我看到了一輛警方的公路巡邏車，我才想到該怎麼做。

我應該到警局去，去查看黃博宜汽車失事的資料，多少可以得到一些線索。

我直往調查失事經過的那個警局，當我說明了來意之後，一個警官用疑惑的眼光望着我：「你懷疑什麼？這是一件普通的交通意外。」

我道：「我懷疑那是謀殺，一件十分神秘的謀殺，是以想知道當時的情形！」

由於我一到警局時，就向那位警官展示了國際警方發給我的一份特別證件，所以，警官並沒有拒絕我的要求，他道：「好的，一切記錄，我們都保存着。」

在他的帶領下，我到了另一房間中，另一個警員，拿來了一個文件夾，我在一張辦公桌前坐下，那文件夾中是失事時的照片，和主理這件案子的警官的報告書，我開始仔細地閱讀着。

當我看完了那份報告，和那些汽車失事的照片之後，我發現我犯了一個極大的錯誤。

我的錯誤是，我聽信了想像力豐富又不明真相的熊逸的話，以為黃博宜是被謀殺的。而從一切文件看來，正如那位警官所說的：你疑惑什麼呢？這實在是一件普通的交通失事。

像那樣的汽車失事，美國每一年有好幾千宗！

當我離開警局時，天色漸黑，我駕車到黃博宜的住所。

一面駕着車，一面我不斷地在思索着。黃博宜死於汽車失事，這一點，如果得到肯定的話，那也就是說，黃博宜的死，和那卷錄音帶，一點關係也沒有。必須先撇開黃博宜的死，單獨研究那卷錄音帶的來源！

這樣一來，事情可以說是複雜得多，但也可以說單純得多。

至少，黃博宜並不是因為那卷錄音帶而死，我可以專心一致，在那卷錄音帶中下工夫！

在接下來的半個月中，我攜着那卷錄音帶，走遍了大規模的電腦語言中心，目的是想弄清楚那首哀歌，那種單音節的歌詞的內容。其中有一具大型電腦，可以說有九百六十多種印度方言，一千三百多種中國方言，而且，電腦還能根據儲存的資料，來判斷它未曾儲存的語言屬於哪一類。

但是，半個月下來，我還是失望。

我所得到的，只是判斷，而不是準確的，肯定的答案。判斷和我所下的大同小異。我在一聽到錄音帶中的那首哀歌之際，就斷定那首哀歌，是出自東方人之口，電腦的判斷，只不過肯定那出於中國人之口而已。

在電腦中儲存的資料中，無法判斷出這首哀歌的歌詞，是用中國哪一個地方的方言所唱出的。

既然連這一點都無法斷定，那麼，自然無法進一步知道歌詞的內容！

我又有另一個設想，我猜想，那可能是中國幫會的一種隱語。關於這一點，我倒不必擔心什麼，因為我的岳父白老大，正是中國幫會中極其傑出的人物，他熟悉一切幫會的隱語，而他目前正在法國南部的鄉下隱居，我於是又帶着那卷錄音帶，特地到法國走了一趟，請教我的岳父。

一樣沒有結果，我唯一的收穫，是在風光明媚的法國，享受了三天寧靜的生活。

以白老大在中國幫會中的地位之尊，對幫會隱語的熟悉，他也聽不懂那首歌詞的內容，在我臨走前，他拍着我的肩頭：「這件事，我看你還是別在幫會隱語中動腦筋了，在我聽來，那不屬於任何幫會的隱語，別白花工夫。」

但是，在我臨上飛機的時候，他卻又對我說：「自然，我對於幫會隱語的經驗，全是過去的，時代日新月異，誰知道現代幫會的隱語是怎樣的？」

他這幾句話，陡地提醒了我，使我想到了另外一個可能性。

我所想到的是，在美國，有許多中國人。其中有些中國人，可能由於過去的淵源，或者是由於新的環境，一樣可以有幫會的組織。

中國的幫會組織精神，在美國延續，俠義部分退化，而犯罪部分加強。黃博宜是中國人，是不是他和那一類的幫會組織發生了關係呢？

要弄明白這一點，必須從廣泛調查黃博宜的日常生活，日常所接觸的人這一方面着手，這自然是一項十分繁重的工作。

回到了美國，第二天，我的調查，便有了一點眉目，我查到，黃博宜在他的工作地點，總共不過三家中國人，都是高級知識分子，黃博宜和他們的來往，維持着很平常的關係。

而那三家中國人，也決計不可能是幫會分子。

另外一點，卻引起了我很大的注意，那就是黃博宜幾乎每半個月，就要到舊金山去一次。

他到舊金山去是做什麼？舊金山有着舉世著名的唐人街，在舊金山，聚居着許多中國人，自然良莠不齊，難免有一些古怪的人在其中。

我在黃博宜的私人書信中，發現他經常和舊金山的一個地址通信，對方的收信人，是一位「安小姐」。

有了那樣的線索，第二天就到了舊金山，那地址是一棟相當舊，但是卻維修得很好的房子，當我按了門鈴之後很久，有一個人將門打開了幾寸，向我望來。

他是一個三十歲左右的年輕人，體格極其強健，他的一隻手，把在門口，從他的手指骨突出這一點看來，這個人在技擊上一定下過很大的功夫。

他的神情，極不友善的，瞪着眼：「你找什麼人？」

他說的是帶着濃重方言口音的英語，我回答道：「我找安小姐！」

那人的態度更惡劣了，他大聲道：「這裏沒有什麼安小姐，走！」

隨着那個「走」字，他「砰」地將門關上，我早就料到可能有這樣的情形了，所以我隨身帶着一封安小姐給黃博宜的信。

我再按門鈴，那人又聲勢洶洶地開了門，喝道：「告訴你沒有！」

我平心靜氣地道：「先生，請你聽我說幾句話，別那麼大火氣好不好？」

那人沒好氣道：「你想說什麼？」

我將那封信取出來：「請看，這封信，是這裏寄出來的，發信人是『安』，她是一位小姐，我現在要見的就是她！」

那人一伸手，將我手中的信，搶了過去，他動作粗魯，向那封信看了一眼，便將之拋出來：「她本來住在這裏，已經搬走，別再來騷擾！」

隨着他講完了話，他又「砰」地一聲，關上了門，我後退了一步，拾起了那封信。

在剎那間，我心頭大是疑惑！

那位安小姐，那個人開始說根本沒有這個人，後來又說她搬走了！

那卷錄音帶上的女子的尖叫聲，發出如此絕望呼聲的女子，會不會就是安小姐？這位安小姐，和黃博宜關係十分密切，是不是這位安小姐出事時的聲音，記錄了下來，而又寄給黃博宜的呢？

當我想到這裏的時候，我的心中陡地一亮，熊逸曾說過，黃博宜是一個駕駛技術十分高超，而且，十分小心的人。

但是，那只是在平常情形之下而論，如果他的一個親密朋友，或者大膽地假設，一個他心愛的人，有了意外，那麼他會怎樣呢？他自然會心慌意亂，神經緊張，汽車失事也就在那樣的情形下發生！

我可以進一步大膽地假設，黃博宜在一聽到了錄音帶中的尖叫聲之後，就認出了是安小姐的聲音，是以他才心慌意亂。

我感到我的推測離事實愈來愈近，現在，唯一不能解釋的，是為什麼黃博宜要將那卷錄音帶寄給熊逸，而不交給當地警方。

但是當時，我卻認為那是無關緊要的小節，我以為我有了進一步的推理發現，而心中十分興奮，沒有再往下想去。

（在整件事情了結之後，我才知道了何以黃博宜要將這卷錄音帶寄給熊逸的真正理由，但那是以後的事情了，在當時，我萬萬想不到。）

我拾起了那封信，呆立片刻，而就在那片刻之間，我發現，在那棟房子的玻璃窗後，有好幾對眼睛，在向我注視。

玻璃窗上都被窗簾遮着，我絕看不到任何人，那不是我神經過敏，一個感覺敏鋭的人，當有人在暗中注視着他的時候，是可以尖鋭地感觸得到，而我正是一個感覺極其敏鋭的人！

我呆了一呆，為什麼屋中的人要偷窺我呢？是因為我來找安小姐？是因為他們殺了安小姐，所以我來了，他們要注意我？

我一面轉過身，一面心中迅速地轉着念，我向前走着，在過了一條馬路之後，在一家商店的玻璃櫥窗的反映之中，我清楚地看到，有兩個人，鬼鬼祟祟的跟在我後面。

當我在離開的時候，已經決定和當地警方聯絡，尋找那個「搬走了」的安小姐，但這時一發現有人跟蹤我，我就改變了主意。

我沿着街，慢慢向前走，那兩個傢伙十分笨拙，我心中暗暗好笑，在又走過了一條街後，我推開一家中國館子的門，走了進去。

日間，顧客並不多，我估計那兩個傢伙，一定會跟進來。

果然，我才一坐下，那兩個人也進來，他們裝着不向我看一眼，在我斜對面的一張桌子上，坐了下來，我要了食物，他們也要了食物。

我要的食物來了之後，我就開始進食，我看到那兩人也在吃東西，而在五分鐘之後，原來在的一桌客人，結了帳，走了，館子中只有我和那兩個人了。

我放下筷子，向那兩個人走過去。

那兩個人顯然料不到我會有此一着，當我來到他們身前的時候，他們都抬起頭來望我，神情愕然！

我卻向他們笑了笑：「好了，你們有什麼話要對我説，快講吧！」

那兩個人的年紀都很輕，顯然完全沒有應付這種突如其來的場面經驗，他們呆了片刻，其中一個才結結巴巴道：「我們不認識你啊，先生！」

這可以説是最拙劣的抵賴！

我將雙手按在桌上，冷笑着：「可是我卻知道你們從哪裏出來，也知道你們一直跟在我身後！」

兩人互相望了一眼，然後陡地站了起來，他們一站起來之後，立時伸手向我的肩頭推來。

看他們的動作，顯然是想將我推開去，然後他們可以逃走。

他們的手還未曾碰到我的肩頭，我雙手疾揚，自下而上兩掌，「啪啪」兩聲，砍在他們的小臂之上！

那兩下未曾將這個傢伙的小臂骨砍斷，已經算是他們好運氣，他們一起叫了起來，我的雙手又向前推出去，推在他們的胸前，令他們又坐倒在椅子上。

飯店中的女招待尖叫起來，我立時大聲喝道：「別驚慌，沒有什麼事！」

我又立時向那兩個人道：「沒有事，對不對？」

那兩個傢伙的面色蒼白得出奇，他們瞧着我的話，連聲道：「沒有事，沒有事！」

坐在櫃台後的一個中年人，將手按在他面前的電話上：「你們要打架，到外面去，不然，我要報警！」

我冷冷地道：「誰説我們要打架？我只不過要和這兩位先生談談！」

我雙手按在桌上，又望向那兩個人：「好了，告訴我，為什麼要跟蹤我！」

那兩個人答不上來，我又大聲喝問了一次，其中一個才急快道：「不……為什麼，只不過是好奇。」

「有什麼值得你們好奇？是我的頭上出着角，還是我的臉上有花？」我冷冷地再問。

「不是，全不是！」

「那麼為了什麼？」

「因為……」其中一個猶豫了一下，「因為你……來找安小姐。」

我冷笑了一下，這一句，倒是實話了，我又道：「我來找安小姐，你們便跟蹤我，那又是為了什麼？」

那一個又道：「我已説過了，為了好奇。」

我呆了一呆，那兩個傢伙，翻來覆去，只說是為了好奇，但是好奇在什麼地方，他們卻又始終未曾説得出來！我再問道：「為什麼使你們覺得好奇？」

那兩個人退後了一下，才道：「你是來找安小姐的，你應該明白。」

我忙道：「我不明白，安小姐怎麼了？」

在我那樣説的時候，我的心中，着實緊張得很，可是那兩個人的回答，卻使我啼笑皆非。

那兩個人中的一個道：「安小姐認識了一個壞男人，她在一家夜總會中跳脱衣舞！」

那個人在講到安小姐在夜總會中跳脱衣舞時，那種咬牙切齒的神情，像是安小姐做了什麼十惡不赦的大壞事一樣，真是令人發噱！

我呆了一呆，在剎那間，我覺得我這一次，大概又要失望了！

我苦笑着，道：「你們以為我就是那個壞男人，是不是？」

他們兩人一起點着頭。

我又問道：「那棟房子，是什麼性質的會社？」

其中一個道：「不是會社，是幾十個中國留學生一起租下來的。」

我已不準備再問下去了，我直了直身子：「那麼，請問安小姐在哪一家夜總會表演？」

那兩個人神情憤然：「黑貓夜總會！」

其中一個還狠狠的補上了一句：「真丟人！」

我向他們望了一下，我很明白他們兩人的心理，別的國家的女人跳脫衣舞，他們會看得津津有味，還會評頭品足：這洋妞兒真不錯。

可是輪到中國女人表演脫衣舞，他們就會像臉上重重被摑了一掌那樣的難過！

現在，我已經證明安小姐還在人世，那麼，我假定是安小姐遇害時，有人記錄到了她尖叫的聲音這一點，又被推翻了！

我付了錢，走出了那家飯店。

我不禁苦笑了一下，這不知已是第幾次了，每一次，都是我才感到事情稍有眉目之際，就發現我的所謂「眉目」，完全不存在！

在我走出了飯店之後，我頓時有一股徬徨無依的感覺，現在，我還有什麼可做呢？

我至少應該和那位安小姐見一次面，因為這位小姐和黃博宜十分親密，她或者可以提供有關黃博宜的消息。

我在街上閒盪着，又在公園中消磨了很多時間，到天色黑了，才走進了黑貓夜總會。

那是一間低級夜總會，烏煙瘴氣，我在一張桌子旁坐了下來，就有一個幾乎全裸的香煙女郎，在我的身邊，挨挨擦擦，我買了一包煙：「不必找了！」

那香煙女郎有點喜出望外，向我飛了一個媚眼，我道：「不過，問你一件事。」

香煙女郎甜絲絲地笑着：「你想知道我的電話號碼？我今晚就有空！」

我不禁有點啼笑皆非，搖着頭：「不是，我想知道，有一位中國小姐，安小姐，她什麼時候上場？我有要緊的事要見她。」

香煙女郎「哦」地一聲：「你說安，她才表演完畢，正在休息室！」

我忙站了起來：「可以帶我去見她麼？」

香煙女郎媚笑着：「只怕不能！」

我又抽出了一張鈔票，塞進她的手中，她笑了一下，轉過身去：「跟我來！」

我跟在那香煙女郎的後面，走進了一扇門，那是一個走廊，有兩個口角含着雪茄的男子，斜倚在牆上，香煙女郎低聲道：「我只帶到這裏，我走了！」

她急急退了出去，我向那兩個傢伙走了過去：「請問安小姐在哪裏？」

那兩個人斜睨着我，一個用含糊不清的聲音喝道：「快滾開，要看跳舞，到外面去！」

我仍然保持着語氣的平靜：「我不想看跳舞，有一點事要見安！」

第五部

戰國時代的「唱片」

在我講到我要見安的時候，提高了聲音，因為休息室就在走廊兩旁，我希望安小姐可以聽到我的聲音而走出來看視，因為我實在不想和那兩個傢伙打架。

我的話才一講完，那兩個人已向我不懷好意地衝了過來，我忙先向後退了一步。

也就在這時，我看到一扇門打開，一個女人走了出來：「怎麼一回事，誰要找我？」

我向那個女人望了一眼，不禁倒抽了一口涼氣，那女人的臉上，簡直是七彩，她的身材極好，玲瓏浮凸，身上幾乎是不着片縷，而她顯然是中國人。

那兩個流氓指着我：「這傢伙想到這裏來找麻煩，安，你認識他麼？」

那位小姐向我望了一眼，搖頭道：「不認識！」

我忙道：「安小姐，你認識黃博宜？我是他的朋友，我有要緊話跟你說。」

那位小姐呆了一呆：「好的，請進來！」

我向那兩人望了一眼，那兩個人仍然對我充滿了敵意，但是我卻不再理會他們，和安小姐一起走進了她的休息室。她的休息室中，全是紅紅綠綠的衣服。

安小姐指着一張椅子：「請坐！」

我挪開了椅上的一些雜物，坐了下來，安小姐就坐在我的對面，她身上的布片是那麼少，使我有點侷促不安的感覺，但是她卻泰然自若。

她點燃了一支煙：「黃博宜，他是我在大學時的同學，你想不到吧，我是學考古的。」

我想了一想，才道：「跳舞也很不錯，不過，這裏的環境似乎不夠高尚！」

安小姐放肆地笑了起來：「先生，高尚的男人和不高尚的男人，對女人都懷有同樣的目的，對女人來說，高尚男人和不高尚男人，有什麼分別？」

安小姐的話說得那麼直率，不禁使我有點臉紅，我苦笑了一下：「或許你說得對。」

安小姐道：「黃博宜他怎麼了？」

我皺着眉：「你不知道他已死了？」

安小姐先是震動了一下，但是她立即苦澀地笑了起來，攤着手：「你看，做人有什麼意思？他一直戰戰兢兢地做人，甚至一生之中，沒有過任何享受，忽然死了，他做人有什麼意思？」

我不準備和安小姐討論人生哲學，我只是道：「你對他知道多少？」

安小姐道：「為什麼你會那樣問，他死得很不平常？我和他只是普通朋友。」

我道：「他死於汽車失事，但是，他死前，卻寄了一卷錄音帶給一位朋友，那是一卷奇怪的錄音帶，記錄的是——」

我才講到這裏，安小姐已然接上了口：「是一個女子的尖叫聲。」

我高興得站了起來，道：「你知道？」

「他寫信告訴過我！」安小姐回答說。

「他還說了些什麼？」我急忙問。

「我也記不清了，但那封信還在！」

那封信還在，而黃博宜又曾在那封信中，向安小姐提及了一個女子的尖叫聲，這對我來說，實在是好消息！

在那一剎間，我甚至興奮得吸了一口氣：「安小姐，那封信，可以給我看看？」

安小姐皺了皺眉：「為什麼？」

我攤着手：「究竟是為什麼，我也說不上來，那是一件很奇怪的事，黃博宜寫給你的信，或者對揭露那件奇怪的事，有很大的幫助！」

安小姐笑着：「我很喜歡你的坦白，信在我的家中，你可以和我一起回去，我將信交給你！」

我毫不猶豫：「好！」

安小姐順手拿起一件外套，就在我面前穿上，她在穿上外套時，將柔長的頭髮，略為理了一理，姿態十分美麗動人。

她向我一笑：「走吧！」我打開了門，和她一起走了出去，門口那兩個傢伙，還瞪着我，我們從夜總會的邊門，來到了街上，安小姐伸手召來了街車，十分鐘後，安小姐打開了她寓所的門，着亮了燈。

在我的想像之中，像安小姐那樣生活的人，她的住所一定淩亂不堪，可是出乎意料之外，她的住所，雖然不大，但是卻極其整潔，米黃色和淺紅色的色調，襯得整個房子，十分優雅高貴，和主人完全不同型。

我也沒有說什麼，因為我來此的目的，是為了看黃博宜的那封信，並不是來欣賞安小姐的住所，而在現代社會中，一個人有雙重性格，極其普遍，不值得深究。

安小姐走到一張桌子前，先點着了一支煙，然後才拉開了一個抽屜。

她在抽屜中找了一會，便找出了那封信來：「信在這裏，請你隨便看。」

我走過去，拿起了信，在沙發上坐下來，一看信封，我就知道那是黃博宜的信，因為這些日子來，我對他的字迹已很熟悉了。

黃博宜看來對安小姐十分傾心，他是一個出色的考古學家，同時又是一個情書寫得最蹩腳的人，那一封信，洋洋千言，可是說的不是他工作的博物院中最近又增加了什麼東西，便是他經過多少天來的研究，有了什麼新發現。

我不禁替黃博宜可憐，因為像他那樣子寫情書，一輩子也追求不到任何女子！

安小姐似乎也猜到了我的心思：「這個人太悶了一些，是不是？」

我無可奈何笑了一下，點了點頭。我根本不認識黃博宜，但是我認為我沒有必要向安小姐說明。

我再看下去，在那封信的最後一段，才是我要看的。

可是當我看到了這一段時，我心中的失望，實在難以形容。

那一段很短，如下：「再者，我昨天聽到了可以說是世界上最奇怪的聲音，那是一個女子的尖叫聲，和一些歌謠的合唱，我敢說，當我確定了那些聲音的來源之後，一定會轟動整個考古學界，願你與我共享這份聲譽。」

所有提及聲音的部分，就是那麼幾句話，那自然使我大失所望！

我的視線，仍然定在信紙上，思緒混亂到了極點，過了好久，我才能開始好好地想一想，而到了那時，我也開始感到，我其實不必那麼失望，因為就在那寥寥百來個字中，對於那卷錄音帶上的聲音，已經有了一些交代。

那就是說，這卷錄音帶上的聲音，只和考古學家有着極大的關連，而並不是我和熊逸所想像的那樣，和什麼邪教、黑社會組織、謀殺有關。

照黃博宜的說法，那是「最奇怪的聲音」，而他似乎也不能確定那聲音是什麼。

黃博宜還在研究，所以他才又說，如果他確定了那些聲音的來源以後，將會震動全世界考古學家。

可是當我想到這一點的時候，我不禁苦笑了起來，心中更亂了。考古學和聲音，有什麼關係？任何考古工作，和聲音都搭不上關係！

我抬起頭來，安小姐已換上了另一支煙，她正在望着我，我苦笑了一下：「安小姐，你也是學考古的，你明白他那樣說，是什麼意思？」

安小姐一面噴着煙，一面搖着頭：「不知道，我對考古已沒有興趣，所以也沒有再寫信去問他，想不到他卻死了！」

當安小姐說到「他已死了」之際，她的語氣中，沒有一點哀傷的成分。我知道我也不可能再得到什麼了，我站了起來，放下信：「謝謝你的幫忙！」

安小姐揿熄了煙：「我還要表演，請你送我到夜總會去！」

我和她一起離開，又到了黑貓夜總會的門口，當她下車時，我忍不住問了她一句：「安小姐，你在表演的時候，也穿得那麼少？」

安小姐笑着：「開始的時候是！」

我不禁吸了一口涼氣：「謝謝你，我還有事，不能看你表演了！」

安小姐忽然神經質地笑了起來：「你還是不要看的好，就是因為我在這裏跳舞，整個舊金山的中國人，都將我當成了怪物！」

我心中嘆了一聲，卻沒有說什麼，我和她揮着手，看她走進了夜總會，我吩咐街車司機，將我送回酒店。

當晚，我心中十分亂，我翻來覆去在想，黃博宜的話是什麼意思。

黃博宜說他發現了這種「奇怪的聲音」。這「發現」兩字，也是大有問題的，因為聲音的本身，並不是一種存在，音波的保存（「保存」兩字，也大有語病），還是愛迪生發明留聲機之後的事，而就算是愛迪生創製的第一架留聲機，距今也沒有多少年，也算不了什麼古董。

可是，事實上黃博宜又的確是發現了「奇怪聲音」，因為他將那聲音記錄了下來，我聽到過，那是一個女子的尖叫聲，接着是一連串的哀歌。

而且這種聲音的來源，一定極其怪異，要不然，黃博宜也不會說什麼「震動整個考古界」了。

可是，聲音和考古又有什麼關係？如果說黃博宜發現了一具幾千年之前的留聲機，那就近迹滑稽了。

我直想到天亮才睡着，第二天中午，我啟程回博物院，當我到達的時候，我意外地發現，和鄧肯院長在談話的，不是別人，正是熊逸！

熊逸看到了我，神色相當緊張，他第一句話就道：「怎麼樣，有什麼結果？」

我苦笑了一下：「什麼結果也沒有，我現在在使用黃博宜的辦公室，你和院長談完了，請來找我！」熊逸點着頭，我不再打擾他們的談話，走到黃博宜的辦公室中，在辦公桌後坐了下來。

我順手拿起了放在桌上，那隻樣子很奇特的黑色的瓶，在手中把玩着，但是事實上，我卻全然未曾注意那隻瓶，我只是在想，黃博宜究竟是在什麼情形下，發現了那種聲音的？

熊逸在三分鐘後來到，他在我對面坐了下來，我也開始將我這些日子來所做的事，原原本本，講給他聽，一直講到最後，我在安小姐處看到的那封信為止。等到我講完之後，熊逸嘆了一聲：「可憐的博宜，他一定是受到了什麼刺激，所以他的神經，不怎麼正常。」

我呆了一呆：「你這樣說是什麼意思？」

熊逸道：「可不是麼？他竟幻想到考古學和聲音有關係，難道他發現了古代的聲音？」

我卻十分嚴肅地道：「可是你別忘記，他說的聲音，我們都聽到過。」

熊逸呆了一呆：「那是磁性錄音帶上發出來的！」

我又道：「是的，但是必須要先有這種聲音，錄音帶才能將它保留下來，這種聲音，原來是什麼地方來的？黃博宜又是在什麼情形之下發現它？」

熊逸給我問得一句話也答不上來，他呆了一會，才道：「這不正是我們想追尋的麼？」

我道：「是的，但是我現在已在覺察到，我們以前所用的方式，所作的假設，全都錯了，我們應該從頭來過！」

熊逸仍然十分疑惑地道：「你何以如此肯定？」

我立即道：「那是因為在這些日子來，我不知碰了多少釘子，我也不知做了多少事，但是發現沒有一條路走得通，所以才得了這樣的結論。」

「那麼，以你看來，我們應該在什麼地方，去尋找這個聲音的來源呢？」熊逸問。

我揮着手：「從那些古代的物件中，黃博宜除了研究博物院中的藏品之外，幾乎沒有任何額外的活動，他將他發現奇怪的聲音一事，稱之為可以轟動整個考古界，又將那卷錄音帶寄給了你，由此可以證明，那聲音是和博物院的收藏品、和他的研究有關的。」

我那樣說法，熊逸顯然表示不能接受，但是他一定也想不出有什麼別的方法可以來反駁我，是以他只是搖着頭，並不說話。

我又揮着手——本來，我是想用更肯定的語氣來說服他的，可是這一次，我揮手的動作，太誇張了些，我的手碰到了放在桌上的那隻黑色細長的瓶子，將瓶子碰跌，瓶子在桌上滾了一滾，向地上跌下去。

幸虧我的反應來得十分快，我連忙俯身，在那隻瓶子還未曾跌倒在地上時，將它接住。

熊逸苦笑了一下：「別再爭論了，你看，你幾乎弄破了一隻可能極有價值的古瓶！」

我雖然接住了瓶子，但是心頭也怦怦一陣亂跳，因為那隻瓶子，如果弄破了，一定是一項極大的損失。

我將那隻瓶放回桌上：「可是我們還得討論下去，我認為黃博宜一定是在收藏的古物中，找到那些聲音，除此之外，沒有別的可能！」

熊逸嘆了一聲：「如果你是那麼固執的話，我也沒有辦法，但是我卻一定要提醒你，聲音並不是一個存在，保留音波的方法——」

我接了上去：「到愛迪生發明留聲機之後，才開始為人類應用，對不對？」

熊逸道：「對！」

我道：「保留聲音的方法，對愛迪生而言，只是一種發現，並不是一種發明，他所發現的，是在某一種情形下，聲音會被保留下來，你怎可以證明，幾千年之前，沒有人發現這一點？」

熊逸笑了起來：「你又有什麼法子，可以證明幾千年之前，已有人發現了這一點？」

我呆住了，我當然答不上熊逸的話，因為我無法證明這一點！

我的心中十分亂，我低下頭去，在尋思着這一切難以解釋的事，究竟是怎麼一回事！

當然，我無法在紛亂的思緒中理出個頭緒來，但是，當我低下頭去的時候，我卻發現，在那隻細長的瓶子中，塞着一張紙。

那張紙，一定早已在瓶子中。只不過因為那瓶的頭，又細又長，所以紙張在瓶子的裏面，誰也不會發現，而剛才，那瓶子跌向地上，我將之接住，才使紙張出現在瓶口處！

我怔了一怔，忙伸手將那張紙，取了出來。熊逸也十分好奇地伸過頭來看。那是一張收據，發出收據的，是一家「音響實驗室」，所收的費用，是三百元，費用的項目是「電子儀器探測音波的反應」。

我呆了一呆，立時抬頭向熊逸望去，熊逸的臉上，也現出十分古怪的神情來。

我們兩人互望了半晌，熊逸才道：「這……這是什麼意思？」我並沒有回答他，因為我也沒有法子回答他的這一個問題。他又道：「看來，你剛才的說法是對的，他是在古物中發現了聲音。」

這一次，輪到我來問他了，我道：「你這樣說法，又是什麼意思？」

熊逸拿起了那隻黑色的、瓶頸細長的，上面的黑釉口，有着許多幼細的紋路的花瓶來：「而且，我已可以肯定，聲音就是在這隻瓶上！」

我感到迷惑：「可是，我聽不到任何聲音。」

「你當然聽不到任何聲音！」熊逸的言語更激動，「當你手中拿一張唱片的時候，你難道可以聽到唱片上的聲音？」

我心中陡地一動，失聲叫道：「唱片，你說唱片！」

熊逸撫摸着瓶身上的那些細紋：「是的，我說唱片！」

我忙在他的手中，將那個瓶子接了過來，也撫摸着瓶身上的那些細紋：「你的意思是，這些細紋，它的作用，和唱片一樣？」

熊逸道：「我想是！」

我跳了起來：「我們走，到那個實驗室去！」

我用一隻紙袋，包好了那隻瓶，兩人衝出博物院，我駕着車，那時，因為有了那麼異特的發現，我的情緒在一種狂熱的狀態之中，我猝然踏下油門，車子向前衝去，熊逸急忙叫道：「喂，小心駕駛！」

可是等到熊逸出聲警告時，已經遲了！

由於我踏下油門太快的緣故，車子失去了控制，「砰」地一聲響，已猛烈地撞在一根電燈柱上！

這一下撞車，實在可以說是意外中的意外，我的反應算是十分敏捷的了，但是當車子撞到了電燈柱的那一剎間，我的身子，還是向前直衝了過去，胸口壓在駕駛盤上，車子前面的玻璃，完全碎裂。

在那剎間，我只聽得在我身邊的熊逸，發出了一下驚呼聲，接着，便像是整輛車子，都騰空而起，再接着，便什麼也不知道了。

等到我又開始有一點知覺時，我只感到四周圍的一切，全是白色的，我感到異常口渴，我睜開眼來，發現自己是在醫院的病房中，熊逸就在我的身邊。

熊逸一看到我睜開了眼來，就興奮地叫道：「他醒來了，他醒來了。」

在熊逸旁邊的一個，大概是醫生，他道：「傷勢並不重，自然會醒來的！」

這時，我已經記起一切發生過的事情來了，我的唇乾得像是要焦裂一樣，但是我還是勉力使自己發出聲音來，道：「熊逸，那隻瓶子呢？」

熊逸望着我苦笑：「你肋骨也斷了好幾根，你想，那隻瓶子還會完整麼？」

我忙道：「碎了？」

熊逸點了點頭，我苦笑着：「那麼，我們永遠也找不出那聲音的來源了？」

熊逸先呆了半晌，然後才搖了搖頭：「不，由於瓶子碎了，我倒有了發現，我在其中的一個碎片上，發現了幾個字，那些字，原來是在瓶子內部的，十分小，如果不是瓶子碎了，根本不會發現！」

我急忙問道：「是些什麼字，說那瓶子，是一個會出聲的寶瓶？」

「不是，那幾個字，表明這個瓶子的製造年代和地點，它是戰國時代，楚國的東西，我也和那音響實驗室聯絡過，他們說，黃博宜曾攜帶那瓶子去作音波的反射實驗，從那些細紋中，找到了很多聲音，也有一個女子的尖叫聲，就是我們聽到的那卷錄音帶上的聲音。」

雖然我的胸口很疼，但是我還是勉力撐起了身子來：「那是什麼意思？」

熊逸道：「我也問過他們，實驗室中的專家告訴我，液體在凝結為固體時，會保留音波，唱片就是根據這個原理製成的！」

我搖着頭，表示仍然不明白。

熊逸的雙眉蹙得十分緊，他道：「我的假設是，當時，正有一個製瓶匠，在製造一隻奇特的瓶，他要在瓶身上刻出許多細紋來，那樣的情形，使他在無意中，將附近發出的聲音，記錄了下來。」

我問道：「就算你的假定成立了，那麼，這些聲音，又說明了什麼？」

熊逸苦笑着：「自然是謀殺，從現代的觀念來看，那是謀殺，但是用兩千多年前的觀念來看，卻是祭神，是一種使大家得到平安的儀式，犧牲一個少女的性命，去滿足他們崇拜的神的要求！」

我呆了半晌，熊逸又道：「那些哀歌，究竟唱些什麼，我想沒有人可以分辨得出來了，但是，你可還記得那一句之後，那個特殊的尾音？」

「當然記得的，那是一個特殊的『SHU』字音。」

熊逸緩緩地道：「你讀過《楚辭》中的〈招魂〉？」

我呆住了，《楚辭》中的〈招魂〉，每一句都有「些」字的結尾音，是全然沒有解釋的語助詞：魂兮歸來，去君不恆幹，何為兮四方些。捨君之樂處，而離彼不祥些。魂兮歸來，東方不可以托些！

兩千多年前，楚地的人，殺了一個少女祭神，然後又齊唱哀歌，來替那位少女招魂，黃博宜發現的聲音，秘密就是如此！

那是人類處於愚昧時代留下來的聲音，但願現在留下來的聲音，別給兩千多年後的人也有愚昧的感覺！

（全文完）

盡頭

第一部

不屬於人的眼光

〈盡頭〉是一個詭異得令人難以置信的故事。

在敘述故事之前，先要說幾句題外話。不久之前，我接到一封自加拿大寄來的信，寫得很長，寄信來的，是我不相識的三個年輕人，他們都在大學就讀，和我討論了一些科學上的問題之後，用揶揄的口氣問：為什麼那麼多詭異古怪的事，全都給你遇上了，而不是給別人遇到呢！

由於那幾位年輕朋友沒有回信地址，所以我只好在這裏回答。

我回答是：我所遇到的事情，一開始就詭異古怪的，少之又少，它們大多數是極其普遍的一件事，任何人都會忽略過去，我只不過捕捉了其中極其細微的一個疑點去探索。

探索的結果，才會發現事情愈來愈詭異古怪，很多事遠在現人類知識範圍之外。

如果當時忽略了那一些細微的可疑之點，那麼，自然也不會發現進一步的詭異的事實。

所以，可以那樣說，稀奇古怪的事，並不是恰巧給我遇到，而是每一個人都可以遇到，但是大家都忽略了過去，而我則鍥而不捨地追尋它的原因。

譬如說，街頭有兩個少年在打架，那樣的事，居住在城市中的人，一生之中，一定都看到過。不是奇事，極其普通。

看到兩個少年在打架，有的人會上去將他們拉開，有的人會遠遠躲開去，有的人會在一旁吶喊助威，看一場不要買票的戲，也有的人會去叫警察，一句話，那是一件極普通的事。

而〈盡頭〉這個詭異莫名的故事，就是由兩個少年在街上打架開始的。

我不是第一個發現他們在打架的人，當我發現他們的時候，惡鬥的兩個少年之旁，至少已圍了十三四個人，都在大聲叫好。

兩個少年，大約都只有十六七歲，一望便知沒有受過良好教育的那種問題少年，其中的一個在流鼻血，另一個也鼻青眼腫。

可是他們卻還在打着，纏在一起，拚命想將對方摔倒在地上，時而騰出手來揮擊着。

我看到這種情形，感到十分噁心。

使我噁心的，決不是那兩個在打架的少年人，而是圍在一旁看熱鬧的人。

我站定了身子，只看了幾秒鐘，便決定該如何做。

我推開擋在我身前的兩個人，向前走去，來到了那兩個少年的身邊。

然後，我雙手齊出，抓住了他們兩人的肩頭，喝道：「別打了！」

在接下來的幾秒鐘之內，我才知道那些人，只是圍着看，而沒有人上來勸阻，大有原因，因為我一面喝叫，一面將他們兩人，分了開來。

而就在我將他們分開來之際，他們突然各自掣出一柄小刀，向我的肚際插來！

攻擊突如其來，毫無徵兆！

我趕緊一吸氣，身子一縮，「唰唰」兩聲，兩柄小刀，就在我的肚前，插了過去。

我看到明晃晃，展有五寸長的刀鋒，也不禁心頭火起。

我雙腳飛起，踢向那兩個少年的胯下。

他們兩人，一被我踢中，就痛得彎下了身子，其中一個彎下了身子之後，立時跳了起來，另一個也想逃，卻被我抓住了他的衣領，直提了起來。

我抓住的那個，就是流鼻血的那個，他被我提起來之後，連掙扎的餘地也沒有。

我本來想提起他之後，狠狠地摑他兩巴掌，可是看到他那種血流滿面的樣子，我揚起的手放下：「走，到警局去！」

那少年還在用力掙扎着，可是當他知道他是無法在我手中逃出去的時候，他停止了掙扎。

然而，他也不向我求饒，只是惡狠狠地望着我：「不放開我，你自討苦吃！」

我冷笑着：「你想恐嚇我，那是你自討苦吃！」

我拖着他便走，只走出了幾碼，迎面就來了兩個警員，我將經過的情形，大略和那兩個警員說了說，就鬆開了抓住那少年的手。

那少年趁機，身子一轉，突然向外，奔了開去。

一個警員立時撲向前去，將他撲倒在地上，那少年和警員糾纏起來，另一名警員也衝了上去，很快就把那少年制服，我和他們一起到了警局中。

一直到我離開警局之前，那少年一直用一種十分惡毒的眼光望着我。我自然可以在他的那種眼光中，看出他對我，恨之入骨。

這樣的少年人，因為種種原因，流落街頭，以犯罪為樂。許多「專家」，都喜歡稱之為「社會問題」，但是我一直以為那還是個人問題。

在同一環境成長，有的是人才，有的成為渣滓，將之歸咎於社會，那不公平，社會為什麼會害你而不害他？自然是你自己先不爭氣的緣故。

所以，覺得那樣的少年，在他還未變成大罪犯之前，便讓他知道不守法會受到懲罰，才能使他改過。

但是，那少年人的那種目光，卻還是令得我十分之不舒服，一直當我回到了家中，那種不舒服的感覺，仍然存在。

我感到那幾乎不是人的眼睛中應該有的光芒！

人總是人，人有文化，文化的淵源、歷史，非常悠久。人和別的動物不同，人的感情，受文化的薰陶，即使從來未受過任何教育，他日常接觸的一切，也全是人類文化的結晶，他也應該受到人類文化的一定影響。

可是那少年人，唉，他的那種目光，充滿了原始獸性的仇恨，如果將他的臉遮起來，只剩下一對眼睛，分不出他是人是獸！

說我的心中「不舒服」，那還是很輕鬆的說法，應該說我的心頭很沉重。

但自然，過了幾天之後，我也將那件事漸漸忘記了，直到第七天，我和白素，從一個朋友家中出來。那晚月色很好，我們的車子停在相當遠的地方，我們慢慢走着。

已經是午夜，街道上很冷清，情調很不錯，可是，突然之間，從橫街中，呼嘯着衝出了七八個人來，那七八個人的動作十分快，一下子就將我們圍住！

而且，我立即就看出，那七八個人中，有一個面對着我的，正是那天打架，給我抓住的那少年！

現在，他和他的同伴，年紀都差不多，每一個人的手上，都握着一柄尖刀。

那少年人本來大概是想搶劫過路人的，他一見到我，發出了一下呼嘯聲，手中的刀尖，精光閃閃，擋住了我，獰笑着：「兄弟，原來是你！」

那七八人中有幾個七嘴八舌地問：「怎麼，你認識他？他是誰！」

他們之中，也有的用賊溜溜的眼睛打量着白素：「嗨，跟我們去玩，怎麼樣？」

白素自然不會在那樣的場合下吃驚，她只是覺得事情太滑稽了，在她的眼中看來，那些小流氓和紙糊的實在沒有多大的差別。

我伸手向那少年一指：「那天你在警局，一定未曾吃過苦頭。」

那少年一直哼笑着，突然大叫了一聲：「兄弟，我要這人的命！」

他那種兇狠的神情，令我呆了一呆，我想問他，為什麼他對我仇恨如此深，我也想問他，他是不是知道，如果殺了我的話，會有什麼後果。

但是，我根本沒有開口的機會！

隨着他的那一下淒厲的怪喝聲，至少有三個人，一起向我衝了過來。而在那一剎那間，我起了一陣噁心，我感到向我撲過來的，不是三個人，而是三條瘋狗！

在那樣的情形下，除了採取行動之外，不能再做別的什麼了。

我身形一挺，突然飛起一腳，向衝在最前面的人，疾踢了出去。

我也不知道一腳踢中了那人的什麼地方，但是我聽到了一下清脆的骨裂聲。

接着，我也向前直衝了過去，當一柄尖刀，突然刺到了我的面門之際，我倏地出手，抓住了那手腕，用力一抖，「啪」地一聲響，又聽到了腕骨折斷聲。

我的左手肘也在同時撞出，因為另一個傢伙，在那時自我的左面攻來。我的左臂上，被那傢伙的小刀，劃出了一道口子。

但是當我的手肘，撞中了他的胸口之際，他至少給我撞斷了兩根肋骨！

在另一邊，另外兩個小流氓在白素的手下，也吃了苦頭，一個小流氓雙手掩住了臉，血自他的指縫之中流出來，也看不出他受了什麼傷。

另一個小流氓，彎着身子，汗自他的額上，大滴大滴淌下來。

還有幾個人看到這種情形，都呆住了，他們的手中還握着刀，但是他們的情形，就像是被拔光了毛的雞一樣。

我拍了拍雙手，向他們走了過去，冷冷地道：「怎麼樣，還有人動手麼？」

我一面説，一面直向那個少年走了過去，那少年轉身想逃，但是我一伸手，便已抓住了他的衣領，一手捏住了他的手腕，將他手中的刀，奪了下來。

那時，其餘的幾個人，受傷的也好，未曾受傷的也好，都已急急逃走了。我將那少年的手扭了過來，冷冷地道：「到警局去，我想這一次，你不會那麼快就出來！」

那少年仍然用那種目光瞪着我，我也不去理會他，一直將他扭到了碰上警員，才將他交給警員。

自然，我們免不了要到警局去，等到從警局中出來之後，白素才嘆了一聲：「你覺得麼，這些人，他們簡直不像是人！」

我也嘆了一聲，我早已有那樣的感覺了。

白素和我一起向前走着，她又道：「人在漸漸地變。」

我呆了一呆：「你的意思是——」

白素道：「我是説，人在變，變得愈來愈不像人，愈來愈像野獸，人類的進化，在我們這一代，可能已到了盡頭，再向下去，不但沒有進步，反而走回頭路，終於又回到原始時代！」

我苦笑着：「你這樣說法，倒很新鮮。」

白素挽住了我的手臂：「我也是有感而發的，你還記得麼？明天，章先生要來，他是群眾心理專家，你不妨向他轉述一下我的意見。」

不是白素提起，我幾乎忘了這件事了。

在這裏，我當然得介紹一下那位「章先生」。我未見章達，已經有好多年了，我和章達分手的時候，我們全是小孩子，我們都只有十一歲，章達的父親是外交官，離開家鄉到外國去。

在那樣的年紀，到外國去這件事，對兩個未曾見過世面的小孩子來說，簡直不可思議，我和他曾撐着船，在瘦西湖中盪了整個下午，然後，還曾在一座廟中，當着神像，叩了三個頭，結義兄弟。當叩頭的時候，口中念念有詞，念的全是從舊小說看來的那一套，什麼「但願同年同月死」之類。

章達走了之後，我幾乎立即就忘記了有那樣的一個結義兄弟，一直到了前三年，我才在一則新聞中，看到了章達的名字。

那則新聞，和世界社會心理學大會有關，章達是這個大會的執行主席，有一篇專文，專門介紹這位年輕的又有卓越成就的章達博士。

我在看到了那篇報道之後，才寫了一封信到他就教的大學，他在收到了信後，給了我一個長途電話，我們用家鄉話互相交談着。

以後，我們不斷通訊，保持聯繫，雖然未曾見面，彼此對對方的生活，卻知道得十分詳細，他因為出席一個學術性的會議，要到遠東來，決定和我共處三天，明天就到。

白素說得對，章達是著名的社會學專家，他對我心中的疑問，應該有所解答。

我們回到了家中，這一晚上，我又有說不出來的不舒服，因為那少年眼中的那種光芒，那種絕無人性，只有獸性的眼光。

第二天中午，在機場接了章達，章達在聯合國的一個機構中擔任着重要的職務，是以他一到，就有官方的記者招待會。

但是章達終究是我的「結義兄弟」，多少年來，他的怪脾氣並沒有改變，當記者招待會舉行之際，我在會場的外面等他。

然後，他運用了一點小小的欺騙，溜出了會場，和我一起奔出機場，上了由白素駕駛的車子，「逃」走了！

在車中，章達得意得哈哈大笑，看他的神情，十足是一個逃學成功的頑童。

然後，在最近的一個電話亭前停下，章達打了一個電話到機場，告訴接待他的官員，說他在這三天中，想自由活動，不勞費心。

二十分鐘後，章達已到了我的家中，他一到家中，便目不轉睛地打量了白素，足有兩分鐘之久，然後，他長嘆一聲，在沙發上坐了下來。

他道：「小黑炭，你真好，娶到了好妻子！」

「小黑炭」是我小學時的綽號，我握住了白素的手：「你為什麼還不結婚？」

章達攤了攤手：「結婚，我不能和石頭結婚，和木頭結婚，金髮美人與石頭、木頭相比，相差無幾！」

我笑了起來，章達自小眼界就高，所以他的綽號叫「癩帶蛞子」。「癩帶蛄子」是我們的家鄉土話，就是「癩蛤蟆」，蛤蟆的眼睛是朝天的。

我一面笑，一面道：「癩帶蛄子，你再雙眼朝天，只怕得打一輩子光棍！」

章達大聲叫了起來：「胡説，我們不説這個！」

白素也笑着，我們不再談章達的婚事，詳細計劃着這三天的節目，一小時之後，我們已準備照計劃出門。

可是就在那時，電話突然響了起來，白素去接聽電話，我叫道：「説我到歐洲去了！」

白素拿起電話來，聽了兩句，皺着眉，向我道：「我看你非聽這電話不可，是警方打來的。」

我略呆了一呆，這大概是天下最煞風景的事情！可是我卻又不得不去聽那個電話！

我拿起了電話，對方倒十分客氣：「衛先生？有一個消息要通知你，昨天因為你出力而被拘捕的那小流氓，今天從拘留所逃走。還刺傷了一個警員，搶走了一支槍。」

我呆了半晌：「那和我有什麼關係？」

那警員道：「衛先生，你曾經兩次協助警方拘捕他，警方認為那是一個失去了常性的危險人物，現在他的手中有槍——」

我吃驚道：「你是說，他會來找我麻煩。」

「可能會，所以警方有責任通知你，請你小心一些，免得遭到暗算。」

我呆了幾秒鐘，才道：「謝謝你，我會防範。」

我放下了電話，章達立時問道：「什麼事？你和警方有什麼糾紛！」

我苦笑了一下：「那全是一件意外——」接着，我就將那件事，自頭至尾，向章達講了一遍。

章達緊皺着眉，不出聲，我最後問道：「章達，為什麼會那樣，是不是因為受的教育太少？使人變成了野獸一樣瘋狂？」

我的問題，可能太嚴肅了一些，是以引起了章達深深的思考，他來回踱着，然後在沙發上坐了下來，雙手抱住了膝頭。直到此時，他才道：「不是教育問題，絕不是。」

我有點不明白，章達何以說得如此之肯定。

我還沒有再問他，章達也已經道：「我曾對這一問題，作長時間的研究，我在研究二次世界大戰之後成長的這一代的心理狀態上，花了很多工夫，我甚至曾經化裝成年輕人，參加過他們的暴亂行為！」

「你有結論沒有？」我和白素一起問。

章達嘆了一聲：「還沒有，但是我已很有成績，至少，我可以肯定，那和教育程度無關的，在我的行李箱中，有很多段紀錄影片，如果你們有興趣，我們不妨一起放來看看，研究一下。」

我忙道：「那麼，你的遊玩計劃——」

「不要緊，有人能和我一起研究我有興趣的事，那是我最大的樂趣。」章達興致勃勃地說。

我也很想看看那些紀錄影片，是以我帶章達到我的書房中，準備好了放映機，章達將他拍攝到的影片，一卷一卷拿出來放映。

在接下來的四小時之中，我們簡直就像親自在參加地球上每一個角落的暴亂！

我立即接受了章達的論點，那種獸性的發泄，是和教育程度無關。

在紀錄影片之中，我們不但看到成群的失學者在放火殺人，也看到成群的大學生在幹着同樣的事。受過高等教育的人，和一點知識也沒有的人，同樣瘋狂。幾乎每一人的眼中，都看到了那種人不應有的眼光，他們也不知懷着什麼仇恨，從他們的行動來看，他們只有一個目的：破壞一切，包括他們自己在內，如果他們有力量的話，他們會毫不考慮地將地球砸成粉碎！

等到章達終於放完了最後一卷紀錄影片，我們好久未曾出聲。過了好一會，章達才道：「我這些影片，只不過記錄了瘋狂行動的百分之一，千分之一，我提出來的問題是：人為什麼會那樣瘋狂，生命不再為生存，而變得為瘋狂，為破壞，究竟為什麼？」

我和白素，自然都沒有法子回答這一問題，我們都望着章達，等待着他自己的解答。

章達長嘆了一聲：「我找不到答案，我曾經和這樣行動的人做朋友，想了解他們，但是我失敗，我覺得去了解一隻猩猩，比了解他們更容易，你永遠沒有法子知道他們在想些什麼，連他們自己也不知道他們在想些什麼，他們的思想，好像受一種神秘的、瘋狂的力量所操縱，這……實在太難解釋了！」

我呆了一呆：「你說他們好像受一種瘋狂力量操縱，那是什麼意思？」

章達來回踱着：「那只不過是我的想像，因為他們的行動，太不可理解了！」

在剛才的那些紀錄影片之中，所看到的那些人，沒有一個不是瘋子。他們拚命地參加着暴力行動，他們的唯一目的就是破壞。

破壞決不是人的天性，人的天性是建設，但為什麼，他們會有那樣違反常性的行動？而且，這種違反常性的行動，又幾乎在世界每一個角落發生，在每一種人的身上發生，從小流氓到大學生！

在沉默了好幾分鐘之後，章達才道：「這次世界性的社會學家大會，就是準備討論這件事，我已準備將我的一個想像提出來。」

他在講完了那句話之後，忽然自嘲也似地笑了笑：「我的想像很滑稽，我想，在第二次世界大戰之後，可能——」

第二部

一種神秘力量

章達的話並沒有講完，因為就在這時，槍聲突然響了起來。

槍聲來得如此之突然，章達的身子，立時向下倒去，我和白素兩人，立即伏在地上。

當我伏向地上的那一剎間，我看到窗外有人影一閃，我連忙彎着身子，向門口衝去。

而在我向門口衝去的時候，白素在地上爬着，爬向章達，我只聽得她發出了一下驚呼聲。

剛才，槍聲一響，章達倒地，毫無疑問，章達受了傷。但是，我卻不知道章達的傷勢怎麼樣。

這時，聽到了白素的那一下驚呼聲，我立時覺得事情一定極其嚴重，我一面向門外衝去，一面叫道：「快，快叫醫生！」

我一到了門前，用力將門拉開，人已衝出了門外。

當我衝出門外之際，我又聽到了一下槍響，那一下槍響，是在屋角處發出來的。

槍響之後，我看到屋角處有人影閃動，我用我所能發出的最大力道，向前撲了過去，當我撲到牆角的時候，我用力撲在那人的身上。

我和那人一起跌倒在地，我立時抓住了那人的脖子，將他的頭，向地上撞去。

我聽到那人發出呻吟聲，這時，我也已看到了那柄槍，當我撞到那人時，槍便從那人的手中，跌了出來，我卡着那人的脖子，將他直提了起來。

直到此際，我才在那人因痛苦而扭曲了的臉上，認出了他就是那個少年，我拖着他來到了牆邊，俯身抬起那柄手槍。

那少年被我制住，全然沒有反抗的餘地，我拖着他到牆前，抬起右腿，用膝蓋頂住了他的肚子。那少年瞪着我，我想不出該用什麼話去責罵他才好，因為他根本不是人的那種感覺，在我的心中，愈來愈濃，對一個不認為他是同類的怪物，怎能用人類的語言去表達心中的憎恨？

就在這時，一輛救傷車已響着警號，疾駛而來，在我家的門口停下。

緊隨着那救傷車的，是一輛警車。警車還未停下，四五個警員，已跳了下來，直奔向我，我後退了一步，向那少年指了一指，兩個警員立時扭住了那少年的手臂。

我不再理會那少年，我連忙衝回我的屋子，我才一衝進屋子，便感到不對勁！屋子中靜得出奇，白素雙手掩着臉，坐在椅上，一動也不動。兩個救護人員，抬着擔架，走近章達，章達仍然躺在地上，和他剛一中槍時，倒下去的時候一樣，沒有動過。

我心中第一個感到的念頭是：章達在中槍之後，竟一動也沒有動過。

接着，我便想到：章達死了！

當我想到章達死了之際，像是在做夢一樣，呆立着，剎那之間，甚至不知道自己身在何處！

而在眼前發生的事，我也有幻夢之感，救護人員將章達抬上擔架，他們的動作，似乎十分慢。章達的一隻手，從擔架上軟垂了下來，隨着擔架的抬出去，他的手在輕輕搖動。

那種搖動，似乎是他正在對我説着再見。生命就那樣完結了！五分鐘前還是生龍活虎的一個人，五分鐘之後就死了！

我的心中，忽然升起了一個十分滑稽的念頭，死人和活人，如果用最科學的方法來分析的話，完全一樣，人體內並不缺少了什麼，生命是看不見，摸不着，虛無飄緲的東西。

當生命離開一個人的身體之際，這個人的身體，並沒有少了任何物質，但是他卻變成了死人！

我呆呆地站着，擔架在我面前抬過，我又感到有好幾個人走進屋子來。接着，我好像聽到有人在對我講話，但是我卻聽不明白他在講些什麼。然後，有人搖着我的身子，我的耳際，突然可以聽到聲音了，在我面前的是一位警官，他臉上那種不耐煩的神色，已證明他問我話，不止問了一次了！

他在問：「請你將經過的情形講一遍！」

我攤了攤手，苦笑着，過了好一會，我才能發出聲音來：「沒有什麼好說的了，就是那樣，突然間，槍聲響了！」

我停了下來，忽然問道：「他死了麼？」

白素的雙手，從臉上放了下來，出乎我意料之外，她竟然沒有哭，那大概是由於事情來得實在太意外了，她只是失神地睜大着眼。

那警官道：「照我看來，他已死了！」

我揮着手，實在不知道說什麼才好，那警官又道：「那少年是你捉住的？」

我的聲音突然尖銳了起來：「是的，我已是第三次捉住他了，我第一次捉住他，你們輕易將他放了出來，第二次捉住他，你們讓他逃走，現在，我要問，我的朋友究竟是死在誰的手中？」

那警官的神色，十分凝重，他嘆了一聲：「你別激動。」

我大聲道：「你們做警員的，真不知是什麼鐵石心腸，我最好的朋友死了，你叫我不要激動？」

那警官道：「我也死了一個最好的朋友，也是那少年殺死的，我的朋友是一個少年犯罪專家，他進拘留所去，想去了解那少年，結果死了，那少年卻逃了出來！」

我向窗外看去，那少年正被警員推上警車。

我苦笑着：「就是他？」

那警官的聲音，可以聽得出他是抑遏着極度的悲痛，他點頭道：「就是他。」

我呆了半晌，才道：「他叫什麼名字？」

那警官突然激動了起來：「不管他叫什麼名字，他叫任何名字都可以，那沒有意義叫阿狗也好，叫阿貓也好，像他那樣的，絕不止一個，他們有一個總的名字，不是人！」

那警官的神情，突然之間，變得激動，講完了那句話之後，喘了片刻，聲音才漸漸回復了平靜：「對不起，我不應該對你說那些話的，你可以將我的話，全都忘記。」

我苦笑着，搖着頭：「我無法忘記，因為我的想法，和你一樣。」

那警官望了我半晌，沒有再說什麼，就走了。

當警方人員全都離去之後，我和白素，相對無言，剛才，這棟屋子，還充滿了何等的歡樂！但是轉眼之間，一種難以形容的冷漠，包圍着一切，我將永遠不能忘記，我最好的朋友，就在我面前中槍倒下！

那兇手本來想殺我，但是卻誤中章達。

我在想，如果我不認識章達，如果我和章達的感情不是那麼好，如果我不將他接到家中來，而由着他去參加他應該參加的酬酢……

那麼，章達就不會死！

可是，如今來說這一切，全都遲了，因為，章達已經死了！

我和白素，誰都不說話，心頭都感到難以形容的沉鬱，我們一起向樓上走去。

當我們來到了本來是準備給章達的房間前，我們不約而同停了下來。

然後，我推開了房門。

章達的皮箱放在地上，他甚至沒有打開皮箱，就和我們一起歡叙，如果他在樓上整理行李……

我嘆了一聲，章達的死，對我的打擊，實在太大了，我走進房間，提起他的皮箱，放在牀上。

白素直到這時，才講了一句話：「我們該怎麼辦？他還有什麼親人？」

「沒有，我是他唯一的親人。」我回答着，頹然坐了下來。

我根本不知道那一天是怎麼過去的，也不知道以後的那些日子，是怎麼過去的。

當我漸漸從哀痛的噩夢之中，蘇醒過來時，至少過了二十天。

在這二十天中，我做了許多事。

章達的死，相當轟動，因為他是一個國際知名的學者，但不論他是什麼人，死了之後，火化了之後，就是一撮一點用處也沒有的骨灰。

我將骨灰埋在山巔，因為章達生前，最喜歡站在高山的頂上，眺望遠方。

然後，在一個下午，我又來到了本來準備給章達居住的那個房間中，皮箱仍然放在牀上。

我打開了那皮箱，我的初意，只不過是想整理一下章達的遺物，可是，在我取了一些衣物之後，我發現了一個文件夾。

文件夾中有厚厚一疊文件，夾上寫着一行字：生理轉變因素對人性之影響。在那行字之下，還有一行小字：章達博士、李遜博士聯合研究。

我不禁嘆了一聲，章達生前所研究的課題，範圍竟然如此之廣，可是這個題目，看來總有使人莫名其妙的感覺，什麼叫「生理轉變因素」？這個因素又何以對人性有影響？

我呆了片刻，才打開了那文件夾，我看到了大疊文件，而且還附有很多圖片。

我約略翻了一下那些圖片，圖片所顯示的，全是一連串暴力行動，和章達曾放給我看的那些紀錄片類似，那些文件，自然是兩位博士的專題報告。

一則，由於我在整理章達的遺物，心情十分悲痛，二則，由於專題報告用的名詞，非常專門，我也根本看不懂，所以我只是隨便翻一翻，就合上了文件夾，然後，我將文件夾放進了皮箱。

對那文件夾，我並沒有留下什麼特別印象，一直到又過了三天，我突然接到了一個長途電話，電話那邊的聲音，帶着濃重的北歐口音。

我一去接聽電話，對方就自我介紹道：「我是李遜博士，是章的好朋友。」

我記起了李遜這個名字，我苦笑着：「章死了，我想你一定知道。」

「是的，我知道，那是我一生之中，所受到最大的打擊！」

我沒有理由懷疑他這句話的真實性，因為他講得如此之沉痛，我嘆了一聲：「我也是。」

李遜博士道：「我和他不但有感情上的聯繫，而且還有事業上的合作，他死了，我們的合作，唉。」

在這時候，我記起了那文件夾。

所以我道：「是的，我知道，在他的遺物中，我看到你和他合作的專題報告，那是生理因素對人性影響的研究，對不對？」

李遜博士的聲音，忽然變得十分嚴肅，他道：「你看了這份報告？」

「沒有，我不是十分懂，我沒有看，只不過是略為翻了翻。」

李遜博士又呆了半晌，才道：「我想問，章達究竟是怎麼死的？」

叫我再敘述一遍章達的死因，對我來說，是一件十分痛苦的事，不願意那樣做，但是李遜博士既然是章達生前的好友，我似乎又非答應他的要求不可！

所以，我在呆了片刻之後，便將章達如何出事的經過，向他約略說了一遍。

我講完之後，李遜博士問我：「照你看來，這純粹是一件意外？」

我呆了一呆，不明白李遜博士這樣問，是什麼意思，因為任何人，在聽了我的敘述之後，都應該明白，那是一件意外，他何必多此一問？

如果那不是一件意外，那又意味着什麼？是不是有什麼人，本來就想謀害章達呢？

我想了片刻，才道：「自然是意外，兇手要殺的是我！」

李遜博士也又呆了片刻，我們兩人在講話之際，都曾停下來片刻，當然是我們雙方都不熟，有一些話，要先想好了再說的緣故。

我在大約半分鐘之後，才聽到了李遜博士的聲音，他道：「章沒有和你說起過，他的生命，在危險中？」

我陡地呆了一呆：「你那樣說，是什麼意思！他未曾和我談起過。看來他很愉快，不像生命受威脅。」

李遜博士嘆了一聲：「因為他比我勇敢。」

我又是一呆：「你是說，不但他的生命受威脅，你也是？」

我聽到李遜博士的苦笑聲，他一面苦笑，一面道：「是的，我和他。」

「為了什麼？」我問。

「為了我們所研究的課題，我們發現了一種極其神秘的力量，這個力量，在二十到二十五年之前，降臨地球，世上根本沒有人知道它的降臨！」

李遜博士的語氣十分沉重，但是我聽了，卻覺得他的話玄之又玄！

所以，我忙問道：「我不懂你的話，你說的神秘力量，究竟是什麼？」

李遜博士並沒有回答我，在他那邊，似乎發生了一些什麼事，我聽到他用一種急促的語調，在和另一個人說着話，可是我卻聽不清他在說些什麼。

我提高聲音，「喂」了好幾下，但是我卻並沒有得到任何回答。

接着，「啪」地一聲，電話掛上。

一個長途電話，在那樣的情形之下，突然之中掛斷，無論如何，太不正常了！

我猜想是發生了什麼意外，是以我連忙放下了電話，希望電話鈴會再響，那麼，我就可以知道李遜博士那邊，究竟發生什麼事。

但是，我等了足足十分鐘之久，仍然沒有動靜。

我又撥電話到長途電話局去詢問，我得到的答覆是，我剛才接到的那長途電話，是美國的加利福尼亞州打來的，突然中斷的原因不明。

我的心中，被許多疑問困擾着，自然，這些困擾，是李遜博士的那電話帶給我的。

不是他那個電話，我不知道章達在到我家之前，生命受着威脅。

照理，章達的生命受着威脅，他應該向我提起這件事來。但是他卻沒有對我說起。

或者，他是根本連說的機會也沒有，或者，他認為這種威脅，十分無聊，根本不值一提！

所以，我也根本無法知道，誰在威脅章達的生命，從李遜博士的電話聽來，他自己也同樣受着威脅，而且，那威脅和他在電話中所稱的「神秘力量」有關！

如果章達的死，是死得不明不白，那麼，我一定會盡我所能，去查究那「神秘力量」。

是怎麼一回事。可是，章達的死，前因後果，我再清楚也沒有，那純粹是一樁意外！

所以，我也沒有深究下去。

我以為事情已告一段落，但是事實上，那卻只不過是一個開端！

又過了四天，我一早便起身，照例做我自己定下的健身運動，我看到一輛警車，在我的屋子前停下。

自警車走下來的一位警官，就是章達出事的那晚和我交談過的那個，走向門口。

白素開門讓他進來，那警官並不坐下，只是有禮貌地道：「衛先生，國際警方來了兩個高級官員，想和你談一談。」

我和國際警方，有着很深切的關係，我甚至擁有國際警方的一種特殊身分的證明。

警官又說：「有關一位李遜博士在他住宅中失蹤的事。」

我整個人都震了一震！

李遜博士失蹤了！

他曾暗示過說他的生命受到威脅，現在，他果然遇到了意外！

我忙道：「人在哪裏？」

那警官道：「在警局，如果衛先生不願意到警局去，那麼，我們可以安排在任何地方見面。」

我的確不怎麼願意到警局去，是以那警員的話，正合我的心意，我忙道：「如果方便的話，最好就在我家中，我和國際警方之間的關係，那兩位先生，應該知道！」

「我想沒有問題的，我去和他們聯絡。」那警官說着，轉身向外，走了出去，我等了十分鐘，那警官回來：「他們立時就到。」

我請那警官坐，我們並沒有說什麼，只是等着。

十多分鐘之後，國際警方的兩個要員到了，出乎我的意料之外，他們看來，都很年輕，大約絕不會超過三十歲，他們中一個金髮的，一進來就自我介紹道：「我叫比利，金髮比利。」

另一個好像是希臘人，十分英俊漂亮，有點害羞，比利指着他：「他是米軒士，我的同伴。」

我請他們坐下，比利說了一番仰慕我在替國際警方工作時，立過不少功勞的恭維話之後，語鋒一轉，就轉到了正題。

他道：「我們在調查李遜博士的神秘失蹤案，我們查到，他在失蹤之前的最後活動，就是打了一通長途電話，而那電話是打給你的。」

「我曾接到李遜博士的長途電話，」我小心地回答：「那電話，我只和他講到了一半，便突然掛斷，我不知道他發生了什麼意外。」

「你怎知他發生了意外？」比利掠着他的金髮：「我的意思是，請你將這通長途電話的一切經過情形，都向我說一遍。」

「可以的。」我回答。

然後，我靜了一兩分鐘，細想當日的情形，再將長途電話的一切經過，講給比利和米軒士聽，他們兩人，都聽得十分用心。

等到我講完，米軒士才問了一句，道：「衛先生，你聽不清楚他在和你講話間，又突然和別的什麼人在說話，即便是一個單字也好。」

我搖着頭：「我很願意盡我所能向你們提供消息，但是我只聽到，他在電話中，好像和人起了爭執，卻一個字也聽不清。」

比利和米軒士都不再出聲，他們伸直了身子，面上神情嚴肅。

我問道：「李遜教授的失蹤情形怎樣？」

比利道：「那天，李遜教授有八個學生，在他的住宅之中，討論一個問題，當問題討論到一半時，李遜博士提起了他的同事章達博士，他十分傷感，表示要到書房去休息一會兒。書房和起居室相連，他的八個學生都看到他走進書房去。細心的學生還聽得起居室的電話分機，響過『叮』地一聲，像是博士正在他的書房中打電話。」

我忙問道：「他就在這時打電話給我？」

「照時間來說，那通電話正是打給你的。」

「接着又發生了一些什麼呢？」

「接着，幾乎什麼也沒有發生過，學生們好像聽到博士在書房內講電話，但是根本聽不清講什麼，他們則在起居室中等着，等到有人感到李遜博士休息得太久了，去敲書房的門，沒有人答應。」

突然之間，我有一種遍體生寒，異樣的恐怖之感，我道：「李遜博士就那樣失蹤了？」

「是的，書房的門是被那幾個學生合力撞開來的，撞開了門之後，書房中一個人也沒有，一切好像都沒有異狀，只是少了一個人！」

我忙道：「不對，我想你們弄錯了，那通長途電話，不會是他在書房的時候打給我的。」

「為什麼？」米軒士問。

我道：「那很簡單，你想，書房中只有李遜博士一個人，但是，我在長途電話中，卻聽到他和別人講話！」

比利和米軒士兩人，都不出聲。

我再次強調：「我聽到另外一些人的聲音，雖然我聽不清他們在講些什麼，但是我的的確確聽到他們的聲音，如果書房中只有李遜博士一個人——」

比利嘆了一聲：「衛先生，你的話，很有參考價值。但是我們調查得非常清楚，根據電話局的記錄，那長途電話，是在他進入書房之後打給你的，他在書房中。」

「那麼一定有人預先藏在他的書房中。」我固執地回答着。

「有這個可能。」比利回答：「書房的一扇窗打開了，可能是有人要脅着李遜博士從窗口離開，但是書房中卻一點也不亂。」

「脅持者手中有武器。」我說。

「我們也那樣想。」比利想了片刻，才道：「衛先生，你認為博士在電話中和你說，他發現了一種神秘的力量，那是什麼意思？」

「我不明白。」

米軒士問道：「你看他所說的那種力量，有沒有可能指一種特殊的，外來的力量而言？」

我皺着眉：「我甚至不明白你那樣問是什麼意思？」

米軒士呆了片刻，像是在想着如何才能使我明白他的想法。然後，他才道：「我的意思是，那種力量，來自地球之外。」

我呆了一呆，在聽到這句話之前，從來也未曾想到過這一點。

在地球之外，存在着力量，那是我一直深信不疑的一件事。在已知的宇宙中，地球只不過是一粒微塵，而宇宙整個為人所知的部分，可能只是整個宇宙的千分之一，萬分之一，億分之一！

在宇宙中，地球真是微不足道到了極點。生活在地球上的生物，如果認定自己是宇宙中唯一的高級生物，那可笑到極點！

但儘管我的信念如此，也未曾在這件事情上，聯想到別的星球去，因為李遜博士和章達博士，他們都是研究社會心理學的。

研究社會心理學的人，會和地球之外的星球，扯上什麼關係？

我呆了好一會，才用十分猶豫的口吻道：「這……好像不怎麼可能吧！」

我是望定了米軒士來那樣説的，我自然希望米軒士能給我一個較為明朗的答覆。

可是米軒士卻只是道：「那是我自己的想法，可能很不切合實際，但是，為什麼沒有人知道李遜博士和章達博士的研究課題和他們的研究結果？」

在那一刹間，我想到了那文件夾！

我忙跳了起來：「等一等，我知道有一份報告，是他們兩人合擬的，我去拿來。」

不等他們答應，我就衝上樓。我找到了那文件夾，又衝了下來，將文件夾交在米軒士的手上：「你看看這個，或者會有答案了。」

由於我講得十分鄭重其事，所以米軒士也顯得十分興奮，立時打開了文件夾。

可是，當他急速地翻了幾頁之後，他抬起頭來，用一種十分奇異的眼光望着我。

我忙道：「怎麼樣？」

米軒士的神色更古怪了，他道：「衛先生，你，你給我看的，是一疊白紙！」

我呆了一呆，老實說，在那片刻之間，我當米軒士神經有點不正常。

但是，米軒士接着，將那文件夾，向我遞了過來，我定睛一看，也呆住了。的確，在那文件夾之中，是一疊厚白紙！

我迅速地將那疊白紙翻了一翻，本來，那疊紙上，密密麻麻，全是字，還有着各種各樣的表格，那些文字一開始是許多社會和心理學方面的專門名詞，所以我當時沒有心思看下去。

第三部

小流氓自殺

但是，現在，卻只是一疊白紙。

我呆住了，在剎那間，一句話也説不出來：我實在不知該説什麼才好！

比利忙問：「這是怎麼一回事？」

我苦笑着：「這夾子之中，本來是一份報告，一份十分詳細的報告，但是現在……卻成了白紙。」

我高聲叫着，叫出了白素，叫出了老蔡，指着文件夾問他們，是不是碰過這文件夾中的紙張，但是他們的回答全是「沒有」！

我也知道他們沒有，問是白問的，因為上次我將那文件夾放在箱子的最低層，這時，我拿出它的時候，它仍然是在箱子的底層，根本沒有人動過！

但要是沒有人動過，為什麼文件夾中的紙張，會變成了白紙呢？

要解釋這樣的事，似乎只有一個可能，那就是這份報告，原來用一種隱形墨水寫成的，在過了一定的時間之後，顏色就會褪去。

但是那似乎太滑稽了，那樣嚴肅的一份報告，會用那種墨水來寫？

比利和米軒士兩人都望着我，我們足足呆了三四分鐘，比利才問：「你有什麼意見？」

我揮着手，像是要揮去一個夢魘一樣：「那份報告，是用一種褪色墨水寫的！」

比利和米軒士兩人，自然明白我那樣說的是什麼意思，是以他們都苦笑了起來。

米軒士用一種十分低沉的聲音道：「衛先生，你不感到那種神秘力量的壓力？」

比利睜大了眼睛，我的心頭，怦怦跳了起來。

又呆了片刻，我才道：「你的意思，這……全是那種神秘力量——就是李遜博士所說的那種神秘力量造成的？」

米軒士一點也不像是在開玩笑，他十分正經地道：「是的，而且，章達博士的死——」

我忙道：「那完全是意外，殺他的兇手，目的是殺我！」

米軒士搖着頭：「我懷疑，李遜博士也懷疑那是不是意外！」

我攤着雙手（這是我的一個習慣動作）：「一點也不必懷疑，我在好幾天之前，就兩次抓到那小流氓，懷恨在心，要來殺我。」

米軒士的聲調，十分緩慢：「如果那個神秘力量，可以令得文件夾中的文字消失，它為什麼不能早安排了一個那樣的兇手，令得章達博士的死，看來絕對像是一次意外？」

我又呆住了。

我從來也未曾那樣想過！

我答不上來，的確，為什麼不能呢？為什麼事情不能如米軒士所説的那樣？雖然那樣的可能性極微，但是極微不等於沒有。

我跳了起來，大聲道：「那容易，我們到拘留所去找那小流氓！」

米軒士搖着頭：「遲了！」

我本來是一面跳了起來，一面待向外直衝了出去的，但是一聽得米軒士那樣説，我卻僵住了！

我呆了好一會，而且還用了相當大的氣力，才能轉回頭來：「什麼意思？」

「那小流氓，」米軒士説着：「警方還未曾發布消息，他在拘留所中自殺了，事情就發生在我們到你這裏來之前。」

我仍然呆立着。

米軒士也站了起來：「現在，你明白了麼？那神秘力量將一切安排得極其妥善，妥善到了根本不容人懷疑，就算有懷疑，也根本無從查起，因為一切會變得不存在！」

我的腦中十分亂，米軒士那樣相信「神秘力量」，看來好像十分滑稽。

我並不同意米軒士的話，他説那神秘力量將一切都安排得十分妥善，至少有一點，並不妥善，那就是李遜博士的失蹤，令人起疑。

我將這一點提了出來，比利立即道：「關於這一點，我和米軒士研究過了，我們認為那是一個意外，對那種神秘力量而言，因為意外而破壞了他們的計劃。」

「什麼意外？」我説。

「就是李遜博士和你的那個長途電話，李遜博士在電話中，向你提及了那神秘力量，如果他繼續講下去的話，可能將那神秘力量的存在，以及他的全部發現都告訴你，所以，神秘力量就非早下手不可！」

聽了比利的話，我不禁一連打了好幾個寒顫，就像是我置身在一個零下好多度的冷房中！

我道：「照你們的說法，那……豈不是……這種神秘力量，隨時隨地，都在李遜博士的周圍？」

米軒士抬起了頭，他的話，更令我駭然：「更有可能，隨時隨地，都在我們的周圍！」

我不由自主，要提高聲音來講話，以消除我心中的那種恐怖感。我大聲說着，近乎叫嚷：「那種神秘力量，究竟是什麼？」

米軒士搖着頭：「我不知道，除了李遜博士和章達博士之外，只怕再也沒有人知道，要不然，也不能稱為神秘力量了。」

我揮着手：「不對，我不相信查不出線索來，那個小流氓自殺了，但還有他的同伴，找他的同伙去問。」

米軒士和比利兩人，一起站了起來，嘆着氣。

比利道：「根據種種迹象來看，我們不認為李遜博士還會有再出現的可能，我們也無法查究出那種神秘力量究竟是什麼，在警方的立場而言，那是懸案。」

「懸案？」我大聲反問。

比利又道：「對於你探究事實真相的決心，我們素有所聞，自然也歡迎你繼續調查下去，如果你能證明，章達博士的死，不是意外，而是早經安排的，那至少可以肯定那神秘力量的存在！」

我點了點頭，比利的話十分有道理，章達的死，看來是百分之一百的意外，但如果竟然能夠證明那不是意外的話，自然就大有文章！

至少可以證明一點：章達的死，由於某一種力量的安排。而這種力量是十分神秘。

至少要證明了那種神秘力量的存在，然後才可以去探索，那究竟是什麼力量！

我道：「可以的，這件事可以交給我來辦，但是我一定要取得警方的充分合作。」

米軒士道：「那不成問題，請問，你準備如何着手去調查？」

我想了片刻，才道：「我想先去看一看那個自殺死亡的小流氓！」

米軒士和比利兩人，沒有再說什麼，他們和我一起離開。

當我們出門口的時候，米軒士才揚了揚文件夾：「這一疊紙，我要拿回去研究一下。」

我當然立即答應，到了警局，就和他們分了手。

所以，當半小時之後，我來到殮房時，只是我一個人。管理殮房的人，拉開了一隻鋼櫃，我掀起白布，看到了那小流氓。

那小流氓已經死了，他躺在零下二十度的鋼櫃中，但是他看來仍然不像一個人，而像是一隻瘋狗！他咧着牙，瞪着眼，那種神情，像是想將他自己的身子，撕成四分五裂，才甘心。

我正在看着，另外兩個人，也走了進來，他們一個是檔案室的工作人員，另一個是法醫。

檔案室的警官，將一個文件夾交到我的手中：「這是那小流氓的全部資料。」

我接過了文件夾，暫時並不打開，我轉問法醫：「死因是什麼？」

法醫用行動代替了回答。

他伸手將白布掀得更開些，我看到那小流氓的心口部分，有一個很深的傷口，那傷口看來，不像是什麼利器所造成的。

法醫搖着頭：「很少看到那樣自殺的人，他用一根鐵枝，插進自己的心口，如果他不是瘋子，就是一個能忍受極大痛苦的勇士！」

我皺着雙眉，醫生的話對，用一根鐵枝，插在自己的心口，弄成了那麼大的一個傷口而死，這種事，除了瘋子之外，沒有什麼人做得出來。

我慢慢地蓋上了白布，殮房管理員又將鋼櫃繼續推進去，我走到了殮房的辦公室中：「借一張桌子給我，我想看看有關死者的資料。」

我來的時候，持有警方的特別介紹函件，所以管理員和我極合作，他立即點着頭道：「可以，自然可以！」

我在一張桌子後坐下，將文件夾放在我的面前，過了好一會才打開。

首先看到那小流氓正面和側面的照片，然後看到了他的名字：丁阿毛。

丁阿毛第一次被捕時十二歲，罪名是在樓梯中非禮一個十歲大的小女孩。第二次被捕是十二歲半，罪名是搶劫。接下來，這位丁阿毛先生，幾乎每隔半年到三個月，便犯罪一次，而犯罪相隔時間的長短，要視乎他在管教所逗留時間的長短而定。其中，也有兩次意外，因為他從管教所逃了出來。

算起來，丁阿毛今年只有十六歲半。

我實在替已死的章達，感到不值，一個如此有學識，對人類有巨大貢獻的科學家，竟死在像丁阿毛那樣的一個小流氓手中！

最後，我看到了一份調查報告，是有關丁阿毛的家庭狀況的。丁阿毛的父親和母親，都是「散工」。而這一雙散工夫婦，一共有八個兒女，丁阿毛居長。

我在記住了他們的地址之後，才合上文件夾。

我閉上了眼睛一會，八個兒女！我苦笑着，搖了搖頭，八個兒女，他們有什麼機會接受教育，有多少機會在他們的成長中，會有人告訴他們，人是人，而不是野獸？八個兒女！

我離開了殮房，準備去看一下丁阿毛的家庭。半小時之後，我走進了一條窄巷子。

在那條窄巷子的兩邊是已經發了黑的木樓，隨時會傾塌下來。其中有一棟，甚至用繩子綁住了窗框，以防止它跌下。

我剛走進巷子，「嘩」地一聲，一盤水從上面傾下，幾乎淋了我一身。我連忙抬頭看去，只見一個衣衫不整的胖婦人，連看也不向下看一眼，就轉過身去。

我為了怕再有那樣的事發生，是以盡量貼着牆，向前走着。許許多多兒童，在巷子中奔來奔去，有幾個張大口在嚎哭着，還有幾個大概是哭厭了，這時正津津有味地在吃着鼻涕。

有幾個小女孩，背上揹着比她們矮不了多少的弟妹，有幾個男孩正在起勁地扭打着。

我不想看那種情形，只好盡量抬頭向上，匆匆地向前走着，但是這條巷子中的屋子，根本沒有門牌。我也找不到我要找的號數。

我只好向一個十歲左右的小女孩，招了招手。那小女孩看了我一會，向我走過來。

我問道：「你知道這巷子裏，有一家姓丁的，丁阿毛的家在哪裏？」

那小女孩點頭道：「我知道。」

我道：「請你告訴我。」

小女孩道：「你得給我……兩毛錢，我就告訴你，丁阿毛住在哪裏。」我呆了半晌，自然我不是不捨得那兩毛錢。那小女孩應該獲得那兩毛錢，因為我有求於她，她也為我做事，自然應該取得報酬。

令得我呆了半晌的原因，是因為那小女孩臉上的那種神情，她看來好像是十分重視那兩毛錢，以至她的神色，有一種犯罪性的緊張。

我終於取出了兩毛錢：「好的，我給你，丁阿毛住在哪裏？」

那小女孩一伸手，就將那兩毛錢抓了過去，向前一指：「看到那銅器舖沒有？丁阿毛住在樓上，天台！」

她跳着走了開去。

我嘆了一聲，這才注意到，在那條窄窄的小巷兩旁，那些隱暗的，隨時會倒塌的木樓之下，居然還開設着不少店舖。

我也看到了那家銅器舖，有兩個小學徒，正將一件件簡單的銅器製品，放在一種發出難聞的氣味的化學藥水中浸着，那兩個小學徒的面色，比那種發綠的化學藥水，看來好不了多少。

我走到銅器舖旁，發現有一條很窄的樓梯，我剛向上走去時，樓梯間傳來一陣響，有一個人衝了下來，我連忙向旁讓了一讓，衝下來的是一個少女，帶來一陣濃厚的廉價香水的刺鼻氣味。

可是，從那樣陰暗角落中走出來的那少女，打扮入時，臉上塗抹着各種顏色，以至無法看出她原來是美麗還是醜陋。

她瞪視着我，將手中的皮包，往肩頭一摔，忽然間罵了一句粗俗不堪的話，揚長而去。

我呆立在梯口好久，那樣粗俗不堪的話，出自那樣十六七歲的大姑娘之口，而且，還是絕對無緣無故的，這實在令人詫異。

我直看那少女的背影在巷口消失，才繼續向樓梯上走去。

在繁華的大城市中，一進那條巷子，便有走進另一個世界的感覺，如今，一進那樓梯，這種感覺，更加強烈。

眼前幾乎一片漆黑，而鼻端所聞到的氣味，難以形容，那是各種各樣的氣味混合，而也許由於梯間的空氣，從來也未曾流通過的緣故，是以那些氣味，也就停留不散。

木樓梯在每一腳踏上去的時候，就發出吱吱的怪聲來，像是踏中了一個躺在地上的，將死的人的肋骨。

我一直來到了三樓，才碰到了一個人。

由於眼前是如此之黑，我真是幾乎撞上去的，若不是那人大喝一聲，我和他一定撞上了。

那人一聲大喝：「喂！有人！」

我連忙站定，一個二十歲不到的小伙子，本來蹲在梯間，一面向我呼喝，一面站了起來，抬起一隻腳，踏在搖搖晃晃的樓梯檻杆上，不懷好意地對我笑着：「想找什麼？」

我盡量使自己的聲音心平氣和：「想找丁阿毛的家人，他的父母。」

那年輕人用十分不屑的眼光，上下打量着我，然後才冷笑了一聲：「他們不在！」

我不禁怒火上沖，這人肯定不是丁阿毛的家中人，因為丁阿毛是長子，而那人的年紀比丁阿毛大，可是卻又未大到能做了阿毛的父親。我立時冷冷地道：「他們在不在都好，我要上去，你讓開！」

我只不過叫他讓開，可是那年輕人卻像是聽到了世界上最大的侮辱話一樣，他的臉上，立時呈現一種可怕的扭曲：「叫我讓開，你叫我讓開？」

我呆了一呆，不明白他為什麼忽然要那樣嚎叫。

就在我還未曾弄明白間，他一揚手，已然拔了一柄明晃晃的小刀在手，叫道：「你替我讓開，讓一條路來給我走，滾！」

我一生之中，遭逢過不少意外，但是所有的意外之中，只怕沒有一次比現在更意外的了！

現在所發生的事，並不是十分奇特，只不過是有人用一柄小刀，向我刺過來而已。

可是，小刀刺人，可以傷害到一個人的生命，這樣的事，總該有一些前因後果才是，而如今，那傢伙猛地向我刺一刀，只不過是為了我叫他讓開！

在那麼窄的樓梯上，我要閃避他那一刀，並不容易，我身子突然一側，背緊貼在牆上，那柄小刀鋒利的刀鋒，就在我的腹前刺了過去。

而就在那一剎間，我一伸手，用力握住了他的手腕，猛地一抖。

「啪」地一聲響，小刀自他的手中，落了下來。

我拉着他的手腕，猛地向下一拉，然後突然鬆手，那人的身子向下衝跌了下去，他一直滾下了十幾級木梯，才能再站起身。

我望着他，他也在樓梯間望着我，樓梯間很陰暗，那人的眼睛中，則閃耀着一種異樣的光芒，使我感到他像是一頭極大的老鼠，或者貓！

總之那是動物！

因為人的眼睛，實在不可能在黑暗之中，發出那樣的光芒。

我們對峙了大約有半分鐘，他轉過身，立時又向樓梯之下衝去，我一路聽到樓梯發出吱吱聲，然後，樓梯靜了下來，他已衝出屋子去了。

我緩緩地吸了一口氣，又呆了片刻，才又向上走去。

當我推開了一扇木門之際，我已來到天台上，天台上的污穢出於我的意料之外，但總有一個好處，它並不昏暗。

所以，我一上了天台，就看到兩個男孩子扭成一團，在地上打滾。一個十一二歲的小女孩，坐在一大堆塑膠拖鞋之間，正用一柄鋒利的刀，在批刮拖鞋邊緣不整齊的地方。

那一大堆五顏六色的塑膠拖鞋，幾乎將她整個人都埋葬了，而且，她工作得十分專心，一直到我來到她的身前，她才抬起頭，向我看來。

我向她笑了笑：「小姑娘，你姓丁？你是丁阿毛的妹妹？」

那小姑娘好像不怎麼喜歡講話，她只是點了點頭。

我又道：「你的父母呢？他們——」

我那一句話還沒有問完，忽然聽得那扇木門「砰」地一聲響，被推了開來，我連忙轉過身去，只見一個女郎手叉着腰，站在門口。

那女郎就是我在上來時，在樓梯口遇到的那個，化妝濃得可怕的少女。

同時，我也聽得我身後那小姑娘低聲道：「我姐姐回來了，她是大人，她常常說，她已經是大人了！」

我望着那少女，那少女也望着我。

她向前走來，摔着手提包，她的年紀不會超過十六歲，發育良好，身形豐滿，但不論怎樣，當她學着那種扭扭捏捏的步法，向我走來時，我都有一種滑稽之感。

她來到了我面前，輕佻地甩了她的手提包，在我身上碰了一下：「喂，你來作什麼，是來找我的麼？我見過你？」

我忙搖頭道：「沒有。」

她仍然不信，側着頭打量着我，忽然道：「你別抵賴了，我記得，我在香香做的時候，見過你，怎麼？追上門來了？」

我不禁啼笑皆非，我根本不知道她口中說的「香香」是什麼地方，但是，我也可想而知那是什麼所在。我知道我絕不能和她多夾纏下去的。

所以，我以十分嚴肅的神情道：「丁小姐，我是警方人員，來調查一些事！」

那少女的面色變了一變，變得十分難看。

雖然她的身材很美麗，但這時，她的那種神情，再加上她臉上濃得五色紛呈的化妝，卻使我想起京戲中的怪異面譜。

她撇着嘴，冷笑了一下：「你是警員！」

然後，她又作出了一個更輕蔑的神情來，一面轉身走了開去，一面問道：「做警員，有多少錢一個月？」

我想告訴她，有很多人做警員，不單是為了掙那份和很多職業比較起來，少得十分可憐的薪水。但是我考慮她絕不是我講這種話的對象，所以我並沒有將我要說的話說出口來。

我只是道：「丁小姐，你父母呢？」

「誰知道？」她搖擺着身子，向屋中走去。

當她一腳踢開了那鐵皮門的時候，她突然大聲叫了起來：「有人找你！」她那一下突如其來的叫聲，將我嚇了一跳，定睛一看，有一個人躺在木屋中，而且一眼就可以知道，那是一個毒癮十分深的吸毒者，翻着死魚珠子一樣的眼，望着我。

我不禁長長地嘆了一口氣。

第四部

一個家庭

我想嘆這口氣很久了，但一直忍着，直到我見到了那男人，才忍不住了。

丁阿毛的家庭情形，我雖然還未曾細問過他家中的任何一員，但就我現在所見的一些，已經可以有一個梗概。

丁阿毛，有一個吸毒的父親，有一個至多不過十六歲，但已在過着娼妓生活的妹妹，還有五六個弟弟，他自然不可能有一個好的母親。

這樣的一個少年人，生活在這樣的一個環境中，我突然感到，我不應該那樣苛責丁阿毛不像人，因為他甚至沒有機會學如何做人！

那男人看到了我，伸出發抖的手指來指着我：「你……你是……」

我沉聲道：「你是丁阿毛的父親？」

那男人皺着眉：「丁阿毛？是的，是的，他又闖了禍？他在外面闖禍，不關我事，先生，抓他去坐牢好了，不關我事！」

我又嘆了一聲：「你放心，他不會再闖禍了，他死在拘留所。」

我本來不想那麼快就將丁阿毛的死訊講出來，但是，我看到那男子實在太麻木，只怕不用那壞消息去刺激他一下，他什麼也不會講！

然而，當我說出了丁阿毛的死訊之後，那男子看來更像是泥塑木雕！

他站着不動，眼珠中一點光采也沒有，像是兩粒黑色的、腐爛了的木頭，他的唇發着抖，但是卻一點聲音也發不出來。

我看到這種情形，不準備再逗留下去，可是，剛才衝進屋去的那少女，發出了一陣轟笑聲，又從屋中走了出來。

她一面笑着，一面道：「什麼？阿毛死了？哈哈，他也會死？他比我先死？哈哈！」

由於我對丁阿毛的厭惡已經稍減，而且，對於丁阿毛在那樣的環境中長大，我也對他生了一絲同情心，是以對那少女的這種態度，十分不值，忍不住道：「他是你哥哥，他死了，你那麼高興作什麼？」

那少女一聽，突然衝到了我的前面來，咧着嘴，現出兩排整齊的牙齒，尖聲道：「我自然高興，恨不得是我弄死他！」

我冷冷地道：「一個小姑娘，不應該有那樣狠毒的心腸的！」那少女怪聲笑了起來，她一面笑着，一面淚水從她的眼中，流了出來，她的眼淚下得如此之急，倒大大出乎我的意料之外。

她急速地喘着氣，嘶叫着：「我不是小姑娘，我早已不是小姑娘了，我十四歲那年，已不是小姑娘了，你知道我為什麼不是小姑娘？」

她的淚水，將她臉上的化妝品全都弄模糊了，令得她看來很可怖。

可是，她繼續講出來的話，卻更令得我的身上，起了一股極度的寒意。

她一面笑，一面流着淚：「那一天，阿毛說請我看戲，可是卻將我帶到一間空屋，那裏，有五六個人等着，他們全是阿毛的朋友，他們迫我，先是他們的大哥，然後是別人，哈哈，哈哈！」

她的笑聲愈來愈尖利，隨着她的笑聲，我的身子不由自主在發抖！

她自己的身子也在發抖，只有那男子，還是像殭屍也似，站立不動。

我苦笑着，開始感到隨便給人同情，實在很危險，因為你永遠無法明白人會做出什麼可怕的事情來！

那少女一直笑着，拍着手，跳着：「他死了，我自然高興，他是怎樣死的？我總希望着他被許多螞蟻，慢慢一口口咬死！」

她突然向我伸過頭來，我忙不迭後退，她一個轉身，便向屋中竄了進去。

我呆了半晌，向那男子望去，只見那男子用衣袖抹着鼻孔，向我發出一種十分呆滯的笑容來：「先生，你可以給我……三五元錢！」

我有一種強烈的要嘔吐之感，我陡地揚起手來，若不是在剎那間，我看到那男子的模樣，實在經不起我的一掌，我早已重重摑了上去！

我的手僵在半空，而我對那男子的怒意，一定全在我的眼中，露了出來。是以那男子嚇得向後退了一步。

我狠狠地道：「畜牲！」

他真是畜牲，只有畜牲，才對下一代只養而不教，也只有畜牲，才盲目的只為生命的延續而繁殖，在那樣的目的下，下一代才愈多愈好。

但我們是人，人和畜牲不同，我們的下一代，像畜牲一樣，只有生命就可以了？像那男子那樣，有八個孩子，他有什麼方法給這八個孩子以最起碼程度的教育和正常的生活？

我罵了一聲之後，又罵了一聲。

那少女又從屋子走了出來，我愣了愣，我幾乎認不出是她。

她已將她臉上的化妝都洗去，面色蒼白得十分可怕，但是在洗去了所有的化妝之後，她顯得很清秀，也帶着相當程度的稚氣。

她的聲音很平靜：「別罵我爸爸！」

我呆呆地望着她，如果她仍然像剛才那樣，畫着大黑眼圈，一副令人作嘔的樣子，說不定連她我都會罵進去，但是現在，我卻罵不下去。

她仍然在流着淚，但是她的神態卻很平靜，她來到了她父親的身邊：「你真不中用，進了兩次戒毒所，還是一樣不斷癮！」

那男人的手在發抖，他道：「阿玲，你知道……那東西上了癮，戒不掉的！」

我直到這時，才知道阿毛的妹妹叫「阿玲」。

我忍不住回了一句：「你既然知道戒不掉，為什麼要上癮？」

那中年男子翻了我一眼，沒有回答我，阿玲推着他走進了屋中，轉身出來：「別迫他，他為了養我們，天天開夜工，不夠精神，才吸毒，你知道麼，他要養八個孩子！」

阿玲顯然認為她講出了她父親不得已的苦衷，我就會同情他了，但事實上，我卻感到了一陣反胃，我冷冷地道：「他為什麼要生八個孩子？我不相信他的知識不如你，你也懂得用避孕藥，他為什麼不用？」

我的話自然是極其殘酷的，是以也使得阿玲的面色更蒼白。

她望了我片刻，才叫道：「走！你走！」

我冷笑着，道：「我還不想走，我要知道，丁阿毛平時和一些什麼人來往！」

阿玲的面色變得更難看：「我不願提起那些人。」

我將語氣放溫和了些：「阿玲，我知道那些人欺負過你，你不願提起他們，但是，我要找他們，你受過他們的欺負，更應該幫助我去找他們！」

阿玲的呼吸變得很急促，她胸脯急促地起伏着，然後，她點了點頭：「好，他們常聚會的地方，你是找不到的，我可以叫阿中帶你去。」

她揚聲叫了起來：「阿中，阿中！」

在通到天台來的那扇門前，立即出現了一個年輕人，我一看到他，便不禁呆了一呆。

那年輕人，就是我叫他讓開，他忽然兇性大發，向我一刀刺來，被我踢下樓梯去的，他就是阿中？阿玲叫他替我帶路？

阿玲實在是一個十分聰明的女孩子，她已在我疑惑的神色中，看到了我心中所想的事，所以，當阿中遲疑着，還未曾向前走來時，她便道：「阿中很喜歡我，他會聽我的話。」

我攤了攤手：「我們剛打過架。」

阿玲勉強笑了一笑：「那不要緊，打架，太平常了。」

阿中慢慢向前走來，他的眼光之中，仍然充滿着敵意。阿玲叫道：「走快些，阿中，替我做一件事！」

阿中一跳便跳了過來，阿玲道：「阿毛平時和那些人在什麼地方，你知道？」

阿中連連點着頭。

阿玲向我一指：「帶這位先生去，聽這位先生的話，別再和他打架了。」

一聽到「打架」，阿中不禁捽了捽手腕，那是他剛才被我一腳踢中的地方。我先向他伸出手來：「已經打過架，那就算了。」

我伸出手來和阿中相握，十分勉強，因為將我和阿中剛才相遇的情形，形容為「打架」，太輕描淡寫，剛才，當阿中用小刀向我插來之際，那是不折不扣的殘殺！

我和阿中握了手，阿中很不習慣和人家握手，這從他的面部肌肉也幾乎僵硬了這一點可以看出來。

然後他道：「跟我來。」

他向我講了一句，又望向阿玲，當他望向阿玲的時候，他的眼光之中，充滿了企求的神色。

然後，他嚅嚅地道：「阿玲，你……你今天不用上班了麼？」

阿玲轉過身去，並沒有回答他，只是向前走出了二步，然後才道：「等你回來了再說。記得，你將他送到就回來，別讓他們看到你。」

阿中連忙答應着，在他的臉上，又閃過了一絲快樂的神采。我可以說還是第一次在阿中那樣類型的年輕人臉上，看到那樣的神采。

阿中向我點了點頭：「跟我來。」

我們一起走出了那屋子，走出了那條小弄，一直向前走着，我道：「可要坐車？」

阿中搖頭道：「不用，走去就行了。」

我離得阿中很遠，在考慮了一下之後，我道：「阿中，問你一個問題。」

阿中望着我，點了點頭，我道：「阿中，剛才，你為什麼一聽得我叫你讓開，你就用刀刺我？你知道，我若不是閃得快，可能給你刺死！」

阿中的面色變得十分陰沉，他的嘴唇掀動了幾下，過了好半晌，他才道：「我，我不知道。」

「你一定有原因的，你只管將原因講出來，我一定不怪你！」

阿中不但是嘴唇在抖着，連他的臉上肌肉，也在不斷地抽搐着，他的聲音，變得極其難聽：「我……鍾意阿玲，我……很喜歡她。」

「那，又怎樣？」

「我很喜歡她，」阿中重複着：「我要娶她做老婆，可是……可是我卻連和她講話的機會也沒有，她不是睡覺，就是去上班，有一次，我到她上班的地方去看她，我看到一個胖子掀起她的衣服，用手指用力在捏她的奶，她一定很痛，她忍着不說痛……」

我嚥下了一口口水，不由自主，停了下來。

阿中的眼中，已有淚水迸了出來，他繼續道：「我剛想拉開那胖子的手，那胖子卻大聲喝我，叫我走開，我……當時就……」

「打了那胖子？」

「是的。」阿中點點頭。

我沒有再出聲，阿中在停了片刻之後，又向前走去，他道：「後來，我坐了三個月牢，但是我一樣喜歡阿玲，雖然她每天都被不同的男人摸和與他們……」

阿中用力捏着手，他的手指骨發出一陣「格格」的聲響來。

我沒有再問下去，因為不必再問下去。

我們之間誰都不再出聲，阿中一直低頭走着。

走了足有二十分鐘，才來到了另一條小巷口。那小巷更窄得可憐，是兩堵高牆之間，大約只有幾尺寬的一道隙縫。

而事實上，那隙縫中蓋着不少鐵皮屋，可以供人走來走去的，只有一兩尺左右而已。

阿中壓低了聲音：「第三間屋子是他們的，阿玲就是在那屋子中——」

阿中講到這裏，他顯然難以再忍受，立時轉過身，迅速地奔過馬路，消失在人叢之中。

我站在巷子口，已經可以聽到從第三間鐵皮屋中傳出來的喧鬧聲，那是一種難以形容的喧鬧聲，這些聲音自然全是人發出來的，可是卻毫無意義，如果原始人一直就是那樣無意義地叫嚷，那麼一定不能在日積月累之下，形成語言。

也就是說，那些人那時的叫嚷聲，比原始人還不如，就像是一群瘋狗！

我慢慢向前走去，第一間鐵皮屋，是一家「理髮舖」，一張看來難以承受一百磅的木椅，一塊已黃得根本照不到什麼人影的鏡子。

在一隻銅盤架子之旁，一個老頭子木然坐着，看到了我，只是略略抬了抬眼，仍然那樣地坐着。

我急忙走過去，不忍心向那老人多看一眼，因為我實在分不出那老人坐在那裏，和他躺在棺材中，有什麼分別。

第二間鐵皮屋的門鎖着。

第三間鐵皮屋的門一定被人在裏面不斷地搖着，是以發出巨大的聲響，我在門口站了片刻，猛地拉開了門。

一個人隨着那扇門被拉開，而跌出來，我連忙伸手一推，將他推了進去。剎那間，聲音靜了下來。

我看到屋中有六個人，五男一女。兩個男的和一個女的，擠在一張鐵牀上，那女的年紀很輕，身上的衣服皺成一團，她擠在兩個十七八歲的年輕人之間，她的手放在一個男孩子的胯間。

另外三個人，有一個蹲着，一個站着（被我推進去的那個），另一個坐在一張凳子上。

整間鐵皮屋的面積，不會超過八十平方尺，散發着一股令人作嘔的氣味。

我在門口站着，一個人（我發現他的年紀最大，身體也最壯碩）霍地站了起來，一揚手：「喂，你幹什麼？」

我冷冷地望着他：「找你。」

那傢伙手叉在腰上，一抖一抖向前走了過來，他來到了我的面前，一伸手，便抓住了我的衣領，我暫時並不還手，我想看看他對我怎樣。

他在抓住了我的衣領之後，咧嘴笑了一笑：「找我作什麼？」

我沉聲道：「放開你的手！」

他伸手在他抓住我衣領的手臂上，「啪」地打了一下：「放開！」

接着，他便笑了起來：「我已經叫它放開了，可是它不肯放。」

我冷笑一聲：「那只好我來叫了！」

我「呼」地一掌，向他的手腕上切了下去，他的手突然離開了我的衣領，而我根本不讓他有出聲叫痛的機會，就抬起膝蓋，頂了上去。

那一頂，正頂在他的小腹，他立時發出了一下悶哼，彎下身去。

第五部

神秘的會所

我伸出手指，抓住了他的頭，用力一轉。他的頸骨，發出了「咔」地一下響，我用力一推，將他推了出去，他跌出了一步，轉過身來。其他人發出怪叫聲，向我撲來。

當他們在向我撲來之前，先向捱了打的那傢伙看了一眼，他們都呆住了。那傢伙站着，他的頭歪向一邊，口對準了他的肩頭，額上的青筋綻得老高，口角有涎沫流出來，眼睜得老大，口唇在抖着，但是除了「哦哦」的聲音之外，卻什麼聲音也發不出來。

我在他們發呆之際，伸手向那傢伙指了一指：「想不想和他一樣？」

我一面說，一面走了進去。

那幾個人一起後退，縮到了房子的一角。我順手將門關上：「我們來談談，如果我要誰回答我的話，而誰不出聲，那麼，我的手就會發癢，這便是樣本！」

我又向那傢伙指了一指，他的頸骨被我用重手法弄脫了臼，他這時那種痛苦的樣子，足以令得別人寒心！

我在講完之後，又特意向那女的瞪了一眼，補充道：「包括你在內！」

屋子中沒有人出聲，我問：「你們誰對丁阿毛最熟，你說！」

我伸手指向一人，那人陡地震動了一下：「我……們都對他……很熟。」

「很好，」我點着頭：「你們都對他很熟，那麼，最近可曾發現他有什麼異樣？」

屋中沒有人出聲，我伸手向那女的一指：「你說！」

那女孩子忙道：「他……他好像時時對人說，他快有錢了，他會變得很有錢！」

另一個小流氓道：「他說，他要做一件事，有人出很多錢，要他做一件事。」

我的心中陡地一動：「什麼事？」

那女的道：「他沒有說，他很興奮，但有時又很害怕，後來他被拉進去了兩次，他只說有了錢之後，買東西送給我，帶我去玩。」

我呆了片刻，才又道：「叫他做事的是些什麼人，你們誰知道？」

沒有人回答，那歪了頭的傢伙，卻忽然拍起胸口來。

我向他望去：「你知道？」

那傢伙不能點頭，仍然繼續拍着胸口，我走過去，用力一拳，擊在他的頸際，又是「咔」地一聲，他的頭部回復了正常。

他發出了一下大叫聲，喘着氣，我等了他半分鐘：「叫丁阿毛做事的是什麼人？」

那人道：「那些人，一定很有錢，丁阿毛有點害怕，叫我陪他去，我遠遠看着，那兩個人，坐一輛很大的汽車來，穿西裝，和丁阿毛講話。」

「他們和丁阿毛講些什麼？」我忙問。

「丁阿毛說，他們要他先去恨一個人，然後，在那人的家中，去殺另一個人，裝着是失手的模樣……」

我聽到這裏，全身都不禁感到了一陣涼意！

米軒士的猜測證實了：章達的死是預謀，不是意外！即使從任何角度來看都屬於意外的事，事實上，卻完全是預謀的，從頭到尾都是預謀！

預謀者先使我和丁阿毛之間有仇恨，然後再要丁阿毛殺我，從表面上看來，丁阿毛有一千個理由要殺我，但決沒有一條理由要殺章達。

這一切，全是預謀者的安排！

我實在沒有法子說那不是巧妙之極的預謀，所以我心頭駭然，也難以形容。因為這種巧妙的預謀，可以說，絕不是普通人所能夠做得到的！

要安排那樣的預謀，必須先知道章達會到我的家中來，必須先注意我的生活，必須知道章達和我之間的交情，而這一切，都極不容易偵查。

但是，預謀者卻全知道了，終於利用了丁阿毛這樣的一個小流氓達到了目的。

我的耳際，彷彿又響起了米軒士的話：「你不感到那神秘力量的壓力麼？」

當米軒士那樣問我之際，我的確感不到什麼壓力，但是現在，我感到了。

我不但感到，而且，還可以體會到，壓力正自四方八面向我包圍，我愈是弄清楚了一件事實，就愈感到那股壓力的存在！

我的面色，當時一定變得很難看，而且，我一定在發呆，因為屋中的那幾個流氓，互相使着眼色，看來想扭轉劣勢。

當然，我不會讓他們有那種機會的，我立即冷笑一聲：「你們別急，我還有疑問，丁阿毛死了，你們知道他怎麼死的？」

那幾個小流氓面面相覷，答不上來。

我續道：「他是用一根鐵枝，插進自己的胸口自殺！」

「自殺？」一個流氓叫了起來：「嘿，這倒是大新聞，丁阿毛最怕死了，我們只不過說了一聲要殺他，他就把他的親妹子拉來——」

那流氓講到這裏，沒有再講下去。

他不必講下去，我也已知道那件事了，那件極之醜惡的事，我也根本不想多了解它，我又問道：「丁阿毛後來，有沒有和那兩個人會面？」

「我不知道，他只叫我去一次。」

「對那兩個人，你還能提供什麼線索？」我盯着那流氓：「我可以給你錢！」

我摸出了一疊鈔票來，在手心上「啪啪」地拍打着，那流氓突然「啊」地一聲：「對，你看看這個，這和那兩個人有關！」

他轉過身，在一個角落中翻抄起來。

那角落中堆着許多雜物，他找了一會，拿起了一件東西來：「你看，這個！」

拿在他手中的，是一塊三角形的金屬牌。

我接了過來一看，那金屬牌是等邊三角形，每一邊大約有四寸，金屬牌上，鑄着「時間會所」的英文字，我抬頭道：「什麼意思？」

「當丁阿毛和那兩個人會面的時候，我看到那兩個人的車中沒有人，我便在他們車子的車頭，偷下了這塊牌子，我以為它可以值一些錢的。誰知一錢不值！」

我望着那流氓：「你的意思是，這牌子，是從和丁阿毛接頭的人車上偷下來的。」

那流氓道：「是，事後，我還看到他們走進那車子駛走的，喂，你看這值多少！」

「值一毛錢！」我冷冷地回答着，一面順手將那塊金屬牌，放進了我的衣袋之中。

我那時的神態，十足像是一個大流氓，所以才能夠將眼前那幾個男女小流氓鎮得住，因為小流氓天不怕地不怕，唯有一怕，就是怕大流氓。我放好了那金屬牌，踢開了門，搖搖擺擺，向外走去。

走出了那巷子，走進了一家相當清靜的餐室，我要了一杯酒，又深深地吸了一口煙，才定下神來。

章達不是死於意外，這種事，誰能相信？

誰謀殺章達，是不是就是使李遜博士神秘失蹤的那些人？那些人又究竟是什麼人？

他們究竟掌握了一些什麼神秘力量？

我直到將一支煙狠狠地吸完，仍然想不出一點頭緒。餐室中的燈光很暗淡，我摸出了那塊金屬牌來，反復地察看着。

「時間會所」，好像是一個俱樂部的名稱，很多人喜歡將自己所屬的俱樂部的名稱，製成牌子，鑲在車身上，作為裝飾物。

那麼，那兩個人一定是「時間會所」的會員，要查一查「時間會所」，應該不是難事！

我決定立即去進行調查，我付了帳，逕自來到了警局，我並沒有將我的調查所得告訴任何人，因為米軒士他們，已替我安排好了單獨工作，警方會給我一切方便。

我到資料室中，要找「時間會所」的資料。

但是，七八個資料員，足足忙了半小時之久，找出了好些我從來也未曾聽到過名字的會所和俱樂部，但就是沒有時間會所。

最後，資料室主任道：「我看這間會所不在本埠，或者他的成員是幾個人，根本不在警方的記錄之中！」

我走出了資料室，來到了警方為我準備的臨時辦公室。我將事情看得太容易了，以為只要一找，就可以找到那個「時間會所」！

我並不沮喪，因為既然有了名稱，要找這個會所，總不應該太難！

在那三天中，我通過了報界以及各種公共關係的機構，查詢着有關「時間會所」的事，但是所有的答覆，全是一樣的三個字，不知道！

資料室主任或許講得對，這間會所，根本不是在本埠，說不定是屬於一個很偏僻的地方，是由幾個人組成的，我就根本無從查起！

但是，為什麼外地的一個會所的銅牌，會在本埠出現，而且，與之有關的人又那麼神秘？

所以，我還是不肯放棄，向各方面查問着，又過了十天。盡了那麼大的努力，而仍然查不到「時間會所」是一個什麼樣的組織，我開始懷疑這個線索，是不是有用。

那個銅牌，是我從流氓處得來的，會不會那也根本是掌握了神秘力量的人的一種安排，好令我在虛無的假線索中浪費時光，得不到任何結果？

我想到了這一點，再回想當時在鐵皮屋中的情形，總覺得這可能性不大。

當天晚上，我是悶悶不樂回到家中的，事實上，這幾天來，我一直在悶悶不樂之中。

當我才踏進家門的時候，我聽到一陣震耳欲聾的喧鬧聲，但我一走進去，聲音立時靜了下來。

我看到有十幾個少年人在客廳中，他們是白素的客人，其中有的是她的親戚，有的是她親戚的同學，或者親戚的同學的朋友。

我如果心情好，自然也會和他們談談，一起玩玩，但現在，卻只是略向他們打了一個招呼。

他們倒很有禮，一一稱呼着我，那時，白素也走了出來，她笑着：「我一聽得靜下來，就知道一定是你回來了！」

我揮了揮手：「你們只管玩，別理會我！」

白素關切地望着我，嘆了一聲：「怎麼，還沒有找到時間會所？」

我點點頭，轉身待上樓去。

在那十幾個少年之中，有兩三個人叫了起來：「時間會所，想不到衛叔叔也喜歡他們。」

我呆了一呆，立時問道：「什麼意思？」

「時間會所啊！」一個少年人道。

「你說的時間會所，是什麼意思？」我連忙問，心中着實緊張。

那少年人用奇怪的眼光望着我：「時間會所，是一個樂隊啊，他們專奏最瘋狂的音樂，現在還不很出名。」

一個樂隊，時間會所，是一個樂隊的名稱！

我的確從來也未曾想到這一點！

我一直以為它是一個俱樂部，一個組織，所以從來也沒有想一想，本埠的樂隊之中，可能有一個叫「時間會所」的。

我迅速地轉着念，這種專演奏瘋狂流行曲的樂隊，大多數是由年輕人組成，而那流氓卻告訴過我，和丁阿毛接頭的是兩個中年人。

我想到那可能是名字上的巧合，但無論如何，這是我半個月來，第一次有了收穫。

我問道：「什麼地方可以找到這個樂隊？」

我的話才一出口，便有好幾個人叫了起來，他們叫道：「好啊，衛叔叔帶我們到金鼓夜總會去！」

我雖然不常去夜總會，但是對於夜總會的名字，我也不至於陌生。但是我卻未曾聽到過這個夜總會的名稱，是以我反問道：「金鼓夜總會？」

「是的，」一個女孩子回答：「那是一個小夜總會，有着一切年輕人喜歡，老年人討厭的玩意，我們的家長都不許我們去，時間會所就在那裏演唱。」

我立時沉下了臉，我一沉下臉，那些少年人便沒有剛才那樣高興了。

我神情古板地道：「如果你們的家長都不准許你們去，那我也不會帶你們去！」

我聽到了好幾下嘆息聲，是以我又補充了一句：「你們自己也不准去！」

有好幾個人道：「我們不會去，衛叔叔，因為我們全是受過教育，有教養的好孩子！」

在那幾個人講完之後，我又聽得有人低聲道：「天下最倒楣的事，就是做一個有教養的好孩子！」

我問了金鼓夜總會的地址，知道那是二十四小時不斷開放的，是以我立時出門，駕車前往。

要找到那地址並不難，但是要相信那是一間夜總會，那卻相當困難。它在一座大廈的地窖中，門是最簡陋的木門，但是有好幾重之多。

一直到推開了最後兩重門時，才聽到喧鬧之聲，震耳欲聾的聲音。我只說那是「聲音」，而不說那是「音樂」，雖然，它是被當作音樂的。

我無法看清楚那究竟是多麼大的一個空間，因為那裏面幾乎漆黑。而事實上，就算是光亮的話，我也一樣看不清楚。

因為裏面煙霧騰騰，我一進去，就忍不住嗆咳了起來。我得小心呼吸才不再嗆咳，我真不明白，在那種污濁的空氣之中，這麼多人，怎可能感到舒服？空氣是人生存的第一要素啊！

裏面也不是全沒有燈光，只不過燈光集中在一個小小圓台上，燈光自上面射下，就像是陽光透過濃霧，已大大地打了一個折扣。

在台上，有五個人正在起勁地奏樂，一個女人，我猜她是全裸的，正在跳舞，我只能猜她是全裸的，而不能肯定她是全裸，那是因為她身上塗滿了油彩，以至她看來根本不像一個人！

我向前擠着，在我的周圍，碰來碰去全是人，那些人也不像是在跳舞，他們只是緊靠在一起，在抖動着身子，我推開了一些人，四面看着，想尋找侍者。

可是我失望了，因為看來，這裏根本就沒有侍者。

不過總算還好，我找到了一扇門，那扇門上，亮着一盞紅燈，紅燈下面是「止步」兩字。

我並不止步，而是推開了門，走了進去。

我首先必須找到這間夜總會的管理人，不然我無法和「時間會所」樂隊談話。門內，是一條狹窄的走廊，在走廊的兩旁，還有幾扇門，我才走進去，便看到一個人，那人看到了我，呆了一呆。

我已逕自向那人走去，從那人的神情上，我已可以看出，他對我飽含敵意！

我來到了他的身前，他才道：「什麼事？你是什麼人，沒有看到門外的字麼？」

「對不起，」我笑了笑：「我不識字。」

那人充滿了怒意：「你想幹什麼？」

我又走前了一步，幾乎直來到那人的身前了，我道：「我想見一見這裏的經理。」

那人直了直身子：「我就是這裏的經理。」

我冷笑了一聲：「很好，我們來談談！」

我不等他對我的話有任何反應，便突然伸手，在他的胸前，用力一推，將他推得向後，跌出了一步，我也逼前一步，一腳踢開了他剛才走出來的那房門，那是一個辦公室。

出乎我意料之外的是，當我一腳踢房門的時候，在沙發上，躺着一個幾乎是全裸的女郎。她還招了招手，向我打了一個招呼，那令得我呆了一呆。

而就在我一呆之際，被我推開的那人，已向兜胸口來一拳，打了過來。

我被他一拳擊中，但是他也沒有佔到便宜，因為，我立時雙手齊出，將他的衣服抓住，將他提了起來。

然後，我用力一摔，將那人摔進了辦公室，然後我向那半裸女郎大喝一聲：「出去！」

那女郎仍然懶洋洋地躺着：「你也可以將我摔出去啊。」

我冷笑着：「別以為我不會！」

我陡地來到了那長沙發的一端，將那張長沙發直推到了門口，然後，我抬起長沙發來，在沙發底上，用力踢了一腳！

然後，我放下沙發，那女郎已被彈出了門，我立時放下沙發將門關上，那經理才來得及爬起來。

他喘着氣：「你快走，我要報警了！」

我向他笑了笑：「我就是從警局來的。」

他呆了一呆，然後嚷叫了起來：「好，你搜吧，我們這裏，沒有大麻，沒有迷幻藥，你搜好了！」

我冷冷地道：「大麻和迷幻藥，全在你們這種人的身體之內，你們這裏的樂隊，叫時間會所？」

「是的，觸犯條例麼？」

「兄弟，」我狠狠地叫着他：「別嘴硬，那只會使你自己吃苦頭，我可以隨時調兩百警員，在這裏作日夜監視，那時你只好改行開殯儀館！」

經理呆望了我半晌，不再出聲。

我又道：「將他們叫來，全叫來！」

「那怎麼行？」他抗議着：「音樂要停了！」

「用唱片代替，索性將所有的燈光全熄去！」

他望了我片刻，走了出去，當他開門的時候，我看到那半裸女郎，竟還維持着我拋出去的姿勢，滾跌在牆腳下，看來，她好像很欣賞那種待遇！

我不禁嘆了一聲，我想起了阿毛，丁阿毛那樣的少年，不會到這種地方來，到這種地方來，要錢，而丁阿毛他們，沒有錢。

但是我分不出丁阿毛他們那一批流氓，和沉醉在這裏的年輕人有什麼不同。

也許，他們之間的唯一分別，是在於丁阿毛一伙，他們傷害人，他們偷、搶，甚至殺人，而在這裏的一伙，卻只戕害他們自己。

但是他們自己也是人，所以實際上並沒有不同，他們都在傷害人！

我又想到了在我家中的那一群少年，奇怪的是，我想到的，並不是他們的生活如何正常，學業如何出色，我只是想到了那一下低低的嘆息：「天下最倒楣的事，就是做一個有教養的好孩子！」

那是真正心靈深處的嘆息，有教養的好孩子，有父母兄長老師以及像我那樣的叔叔伯伯，甚至還有阿婆阿公阿姨嬸母舅父舅母姑姑姑父，等等等等的人管着，不許這個，不許那個，天下還有比這更倒楣的事麼？

我實在感到迷惑，因為我實在難以分辨出這三類年輕人究竟哪一方面更幸福，哪一種更不幸！

第六部

又一次謀殺

我大約只等了十分鐘，那經理便走了回來，在他身後，跟着五個穿花衣服的年輕人。

我本來就料定，這種樂隊的組成者，年紀一定不會大，所以我看到進來的是五個年輕人，我也並不感到多大的意外。

而且，我也根本不想真在這裏獲得什麼線索，我認為這個樂隊叫着「時間會所」，和我要尋找的「時間會所」，只不過是一種名稱上的巧合而已。

我瞪視着那五個年輕人，他們進來之後，懶懶散散地，或坐或立。那經理道：「就是他們了，先生！」

他在「先生」兩字上，特別加重語氣，那自然是表示對我的不滿。我也知道，在那樣的情形下，如果我態度好，什麼也問不出來。

所以我一開口，就立即沉聲喝道：「站起來。」

有兩個人本來就站着，我的呼喝對他們不起作用，而原來三個坐着的，只是用眼睛向我翻了翻。我再度喝道：「站起來！」

一個坐着的發出一下長長的怪聲：「嗨，你以為你是什麼，是大人物？」

我一下子就衝到了他的身前，厲聲道：「我或者不是什麼大人物，但是我叫你站起來，你就必須站起來！」

我陡地伸手，抓住了他的花禮服，將他提了起來，同時，用力一掌，摑了下去。

那一掌的力道着實不輕，那傢伙的臉腫了，口角流血，他的雙腿也聽話了，他站得筆直！

而且，那一掌，對於其他的兩個人，也起着連鎖作用，他們兩人像是屁股上裝着彈簧一樣，刷地站起，我冷笑了一聲：「你們的樂隊叫時間會所，這個名稱，是誰取的？」

一個年紀較大的道：「是我。」

我盯住了他一會，自袋中取出一塊銅牌來，道：「這塊銅牌，是你車上的標誌？」

「是我的，」另一個人回答：「這本來是鑲在我車上的，但已被人偷去很久了。」

「你們每一個人的車上，都有那樣的牌子？」

「是！」他們都點着頭。

「被偷去的只是一塊？是你的？」我直指着那個年輕人的鼻子。

「是啊，這種東西，人家要來一點用也沒有——」

我不等他再講下去，便道：「你叫什麼名字。」

「法蘭基。」他回答。

我厲聲道：「我是問你父母給你取的名字，除非你根本沒有父母！」

那年輕人呆了一呆，才道：「我叫方根發。」

我又道：「方根發，你和丁阿毛之間，有什麼交易？」

方根發的臉上，現出驚訝之極的神色來：「丁阿毛？那是誰，我從來也未曾聽過這個名字！」

「你別裝模作樣了，你的車子，是一輛黑色的大房車，對不對？」

「對！」方根發回答，突然之間，他現出了一個恍然大悟的神情來，手一揮，手指相扣，發出「得」地一聲：「我明白了！」

我忙道：「你明白了什麼？」

「有人不斷偷用我的車子，我的車子常常加了油，駛不到一兩天就沒有了，而且，里數表也會無緣無故地增加，一定有人偷用我的車子！」

我望了方根發半晌，方根發的話，倒可以相信。

因為他們全是年輕人，而和丁阿毛接頭的是中年人。可是我如果相信了方根發的話，那麼，我追尋的線索又斷了。

我來回踱着，突然間，我心中一亮，忙道：「你車子有這種情形多久？」

「足有半年了！」

我忙道：「聽着，這件事十分重要，你告訴我，通常你最長時間不用車子的時候，將車子放在什麼地方？你當作完全不知道有那件事一樣，如果再有人來用你車子的話，我會捉住他！」

方根發搖頭道：「我想你這個辦法行不通了，車子好幾天來都很正常！」

我瞪大了眼，我以為我如果隱伏在方根發的車子四周，就可以有機會捉住那些人，但是我顯然想錯了，因為他們一定不會再繼續使用方根發的車子。

我攤開了雙手，揮了一揮，這是一種最無可奈何的表示，因為我的一切追尋的線索，全部斷了，什麼也沒有剩下，我不知道該如何進行才好！

我將那塊銅牌留在辦公桌上，向外走去，在門口，我略停了一停：「對不起！」

然後，我向前直走了出去，我推開了門，煙霧又向我襲來，外面仍然一樣混亂，而且，幾乎是一點燈光也沒有了，音樂仍在繼續着，我好幾次，腳踏下去，不是踏在地上，而是踏在地上打滾的人身上。

我終於走出了那家夜總會，我走出來之後的第一件事，便是深深地吸一口氣。

然後，我走過對街，呆立着不動。

我該怎麼辦呢？我實在沒有辦法了！

雖然我不是一個肯隨便表示沒有辦法的人，但到了真正沒有辦法的時候，卻也非如此不可。

雖然我明知章達的死，是一個極其巧妙的安排，是一項真正的謀殺。但是和這件事唯一有關的人丁阿毛死了！

我發現了那種神秘力量，也感到了那股力量的威脅，但是我卻根本捉摸不到那種神秘力量的一絲一毫，這真令人痛苦莫名！

我來到了車子旁邊，我的動作，都好像是電影中的「慢鏡頭」一樣，因為我實在一點精神也打不起來，我打開車門，坐在駕駛位上。

過了好久，我才發動了車子。

而當我在發動了車子之後，我心中陡地一動，我想到章達和李遜兩人，都先後遭到了不幸（李遜只是失蹤，但是我假定他也遭了不幸）。

他們兩人遭了不幸，自然是因為他們發現了那種「神秘力量」，而且在他們的學術研究報告之中，確切地提出了這種力量存在的證據！

現在，我也知道有這種力量的存在，我是不是也會遭到危險呢？

我絕不怕遭到危險，而是急切地希望危險降臨到我的頭上來！

因為，我現在沒有絲毫線索去找「他們」，那我就只有希望「他們」來找我！

而我要達到這一目的，我必須到處去宣揚，去告訴別人，有那種「神秘力量」的存在。最後，自然是能夠説服警方，使他們來展開調查。

我一想到這一點，精神為之一振。

可是，那卻只是幾秒鐘之內的事，接着，我便又嘆了一口氣，警方怎麼可能相信我的話？在警方的一切記錄之中，丁阿毛只和我發生關係，是我兩次將丁阿毛送警察局，丁阿毛奪槍而逃，要找的是我，章達因此死於意外。

雖然連日來我調查所得，已可以確切證明丁阿毛蓄意謀殺章達，但是我卻沒有證據。

我又嘆了幾聲，突然踏下油門，車子以相當高的速度，向前衝了出去，我的駕駛術，一向十分高超，甚至可以作危險駕駛的表演。

但這時，當我的車子才一駛向前時，一輛十噸的大卡車，卻突然自路旁轉出，向我撞來！

當那輛大卡車突然之間，向我撞來之際，我幾乎不相信自己的眼睛，因為沒有一個人可以將一輛大卡車駕駛得如此靈活，向我撞來的，不像是一輛大卡車，而像是一輛跑車！

大卡車來得如此之快，一點閃避的機會都沒有！

我在突然之間，將車子勉力向右扭去，但也就在那一剎間，我已感到那輛大卡車像是一大團烏雲一樣，向我壓下來。

那只不過是十分之一秒的事，在那麼短時間內，我只來得及將身子縮了起來，那樣至少我可以免被我的駕駛盤，撞穿我的胸部。

然後，便是一下震耳欲聾的巨響。

在那一下巨響之後，我根本無法形容出又發生了一些什麼事，我只覺得我的耳際，像是有無數的針在刺進來，而那些針在刺進了我的雙耳之後，又開始膨脹，於是，我的腦袋爆裂了。

我真有腦袋爆裂了的感覺，我的身子好像在翻滾。那種翻滾，並不單是我的身子的翻滾，而是我身內的一切，每一部分，每一個細胞，每一組內臟，每一根骨頭，都在翻滾，都在離開它們原來的位置。

然後，又是一聲巨響，一切都靜止了。

當一切都靜止之後，我體內的那種翻滾，仍然沒有停止，奇怪的是，我的聽覺變得十分敏銳，我聽得大卡車引擎的「胡胡」聲，也聽得有人在道：「他完了？」

另外有一個人應道：「當然完了！」

接着，又是大卡車的「胡胡」聲，我勉力想睜開眼來，想看看那兩個在發出如此毫無血性的對話的是什麼人，但是我的眼前，只是一片雜亂的紅色和綠色，只是紅色和綠色的交替，沒有別的。

接着，一切都靜止了，沒有顏色，沒有聲音，只有我的心中在想：我完了。

我也只不過想了一次，就喪失了知覺。

我不知道我的全身又有了極度的刺痛之感時，距離那樁謀殺已有多久。

我感到了刺痛，同時也聽得一個人在道：「我們會盡最大的努力來挽救你的丈夫，你應該堅強些，我們必須告訴你，他傷得極重，但好在主要的骨骼沒有折斷，我們希望他會復原。」

雖然我的身子一動也不動，但是我的神智倒十分清醒，我知道那一番話，一定是醫生對白素說的，我期待着白素的哭聲。

但是我並沒有聽到白素的哭聲，我只聽得白素用一種十分沉緩的聲音道：

「我知道，醫生。」

我想大聲告訴白素，我已經醒來了，我已經可以聽到她的聲音，但是我用盡氣力，也無法發出任何聲音，甚至除聽覺之外，只有痛的感覺，一點氣力也沒有，只好在心中嘆着氣。

在醒了之後不多久，又昏過去，接下來，我又不知過了多久，只是清醒了又昏迷，昏迷了又醒。當我最清醒的時候。我也無法動我的身子，根本一動都不能動。

我只感到，我似乎一直在被人推來推去，我的心中起了一個十分怪異的念頭，為什麼不能讓我靜一靜呢？我需要靜靜地躺着，不要老是被推來推去，我討厭老是被人家推來推去！

但是，我無法表達我的意見。

終於，在一次，我又從昏迷中清醒過來之際，我感到了略有不同，那便是，當我能夠聽到周圍的聲音之後，我的眼皮上，有了刺痛的感覺。

我感到了那陣刺痛，我也可以感到，那陣刺痛，是由於光線的刺激，而那種刺激，似乎使我的眼皮，回復了活動能力。

我用盡了氣力，想抬起眼皮來，我開始並不成功，我只不過可以感到我的眼皮，正在發出一陣跳動而已，但是突然之間，我成功了！

我睜開了雙眼！

當我睜開了雙眼的一剎間，我什麼也看不到，只感到了一股強光，那股強光，迫得我非閉上眼睛不可，但是我卻不肯閉上眼睛，我剛才為了使雙眼睜開，所出的力道，不會比攀登一座高山更小，我怕我閉上眼之後，會沒有力量再睜開眼來。

所以，我忍着強光的刺激，我依然睜大着眼！

漸漸地，我可以看到東西了，我的眼睛已可以適應光線了，我看到在我的面前，有着很多人。

那是一個十分奇特的角度，在我的眼中看來，那些人全像是想向我撲上來一樣。

但是我立即明白了，我是仰躺着，而那些人，則全站着，俯視着我。

我不但看清了我身前的人，而且，我還開始眨着眼睛，我在眨動眼睛之後，看得更清楚，我看到一個十分美麗的少婦，正在淚流滿頰。

當我才一看到那美麗少婦之際，我的確有一種陌生之感。

但是，我立即認出來了，那是白素！

但那真是白素麼？我的心中，不免有多少懷疑，因為她太瘦了，她雙眼深陷，我從來也未曾看到她那樣消瘦過！

我和她分別不應該太久，就算我曾昏迷，我曾昏迷過兩天、三天？她也不應該瘦成那樣！

但是她又的的確確是白素，除了白素之外，沒有第二個女人，會有那種神韻。

我突然起了一陣要講話的衝動，我要叫喚她，我用力掙扎着，終於，我的口張了開來，而自我的口中，也發出了聲音來。

我恨我自己的聲音，何以如此微弱，但是我總算聽到了自己的聲音，而且，我想她也聽到了，我叫了她一聲，她立即向前衝來。

兩個護士將她扶住。

她仍然在流着淚，但是她在叫着：「他講話了，你們聽到了沒有？他講話了！」

她一面叫，一面四面看着，我看到四周圍所有的人都點着頭，有很多人應着她：「是的，他講話了！」

那兩個護士終於扶不住她，她來到了病牀前，伏了下來，我為了要低下眼來看她，才看到了自己。

我看到了自己之後，又大吃了一驚，這是我麼？這是我，還是一具木乃伊？為什麼我的身上，要綁那麼多的繃帶？為什麼我的雙腿上全是石膏？我不是已醒過來，已經沒有事了麼？

我的身子還是一動也不能動，可是我的神智卻已十分清醒，我看到白素伏在牀沿，她在不斷地流着淚，但是看她的神情，她卻又像是想笑。

我掙扎着，又發出了一句話來：「我……昏迷了很久？」

白素只是點着頭，在牀邊的一個醫生卻接口道：「是的，你昏迷了八十六天，我們以為你不會醒了，但你終於醒來了！」

八十六天，我一定是聽錯了！

但是，我剛才又的的確確聽到，是八十六天，我以為我至多不過昏迷了三五天，可是，我卻足足昏迷了近三個月之久，難怪白素消瘦得如此之甚！

我閉上了眼睛，當我閉上了眼睛之後，我昏過去之前的事，就像是才發生在幾分鐘之前，那輛靈活得令人難以相信的大卡車，向我直撞過來。

那是謀殺，是和對付章達一樣的謀殺！

但我卻沒有死，我又醒過來了，我對自己的身體有堅強的信心，我知道我的傷一定會漸漸好起來，一定會完全復原！

但這時，我卻疲乏得可怕，我似乎是一個疲倦透頂的人一樣，我渴望睡覺。

我聽得一個醫生道：「讓他好好地休息，他很快就會復原。」

我又聽到白素道：「不，我要陪着他。」

然後，我不知我自己是昏了過去，還是又睡着了。

等到我再醒過來時，已經是晚上，病房中的燈光很柔和，我的精神也不知好了多少。

我不但可以連續講上幾分鐘話，而且還可以聽白素講述我動了十二次大手術的情形。

在那三個月中，我動了十二次大手術。

我之能夠不死，而且還有復原的可能，全是因為我當時躲避得好，是以我雖然折斷了很多骨頭，然而脊椎骨卻還未曾受損傷。

所以我才能活下去，而在我的體內，已多了十八片不鏽鋼，這些不鏽鋼是用來接駁我折斷的骨頭的，醫生斷定我可以復原，白素一面講，一面流着淚，她又笑着，因為我終於沒有死！

我並沒有將那是一件設計完善的謀殺一事講出來，因為在這三個月中，白素已經擔心夠了，沒有理由再去增加她的負擔。

雖然，她的心中，也不免有着疑惑，因為我的駕駛術極其超卓，她不會不知道。所以我還着實費了一些心思，將當時不可避免，非撞車不可的情形，編了一個謊。

我在醫院中又足足住了半年，才能走動，回到了家中療養，醫生勸我忘記我曾斷過許多骨頭一事，如果時時記得，那麼人的活力就會消失，他給我的忠告是：一切像以前一樣。

是以，當我開始可以動的時候，我就適量地運動，日子好像過得很平靜。

然而我明白，第一次謀殺失敗了，我沒有死，那麼，一定還會有第二次謀殺。

第二次的謀殺什麼時候來呢？能躲過他們第二次的謀殺嗎？

我幾乎每時每刻都在想念着。

對方如此神出鬼沒，我幾乎死在他們的手中，但是我根本連他們是什麼人也不知道。

我擔心的那一刻，終於來了。

那是一個黃昏，我坐在陽台上，在享受着一杯美味的飲料，白素不在家，她已不必再那樣仔細地看護我了，我聽到門鈴聲，老蔡在樓下扯直了喉嚨叫道：「有人來找你，衛先生！」

我站起身，走下樓梯，我看到在客廳中，已坐着兩個陌生人。

我很難說出當時究竟是什麼感覺，但我一看到那兩個人，我就覺得事情有點不對頭，那兩個陌生人，給我以極不舒服之感。

我也難以形容得出我的感覺究竟如何，但是我想，當一頭貓兒，看到了一隻不懷好意的大狼狗，貓的感覺就一定和我的感覺一樣，全身的每一根肌肉，都有一種莫名其妙的緊張。

我走下了樓梯，那兩個人向我望了一眼。

我呆了一呆，才道：「兩位是——」

兩個人中的一個笑了一下：「衛先生，你不認識我們？」

我未曾見過這兩個人，但是他們卻那樣問我，這令得我的心中，陡地一動，我立即裝出行動十分遲鈍的樣子，拍着額角：「對不起，我撞車受了傷，對受傷以前的事，記不得了，我甚至記不起我是怎麼受傷的，兩位請稍等一等！」

那人道：「做什麼？」

我道：「為了幫助我的記憶，將我以前熟悉的朋友的照片，全都貼在一本簿子上，我想，我去翻一翻那本簿子，就可以知道兩位是什麼人。」

那兩人互望了一眼，接着，一起站起身來，一個道：「不必了，衛先生，我們以前只不過見你一兩次，你不會有我們的照片的。」

我道：「那麼兩位來，是為了——」

那兩人道：「是為了一件過去的事，衛先生，你可還記得章達？」

我的心中陡地一動，章達時時刻刻，都在我的記憶之中，但是我卻皺起了眉：「不，我記不起這個名字來，章達？他和我有什麼關係？」

那兩人沒有回答我的問題，只又問道：「那麼，丁阿毛呢？」

我仍然搖着頭：「也不記得了，丁阿毛，這個名字我很陌生，請你們等一等，我將那本照片簿取下來，或者我可以找到他們的照片。」

我一再表示我有那樣的一本「照片簿」，其實，我根本沒有，只不過我那樣強調，就可以使對方真的認為我的記憶力大半消失！

那時，我臉上的神情一片茫然，十足是一個智力衰退的人，但是我的心中，卻着實緊張得很。

這兩個人，先問起了章達，後又問起了丁阿毛，而我又從來也未曾見過他們，是以我可以肯定，他們是和那個我一直在追尋，但是又毫無頭緒的神秘力量有關係！這兩個人說不定就是當日曾和丁阿毛接頭過的，也說不定就是駕車將我撞傷的人！

我的心中除了緊張之外，同時也在欣慶我的急智。

那兩個人來到我這裏，看他們的情形，像是來進行第二次謀殺。

然而，我現在的情形，可能使他們改變主意。

因為我看到他們兩人，互望了一眼，站了起來：「衛先生，你很幸運，再見了。」

我裝出愕然的神情來：「你們為什麼不再坐一會？兩位究竟是為什麼事而來的？噢，我想起來了，請等一等，我想起來了！」

那兩人已在向門外走去，可是一聽得我那樣說，又一起站定，轉過身來。

他們一齊問我，道：「你想到了什麼？」

「我想起了章達這個名字，他好像有點東西留在我這裏，你們是他的朋友，可是來取回他的東西？」

那兩個人又互望了一眼，像是對於這突如其來的事，不知該如何決定才好。但是他們並沒有猶豫了多久，終於有了決定。

他們道：「好，請你取來。」

我連忙轉身，走上樓梯，我一到了樓上，動作立時變得靈活起來，我先到了書房，拉開抽屜，取出了一個超小型的無線電波示蹤儀來。

那示蹤儀只有一枚黃豆大小，附着在任何的衣服之上，而它裏面的小型水銀電池，可以使這個示蹤儀發出無線電波，我可以在一個接收儀的熒光屏上，找出那個示蹤儀的所在地點。

我然後，才提出了章達留下的那口箱子，又裝出遲遲緩緩的樣子，走了下來。

當我將箱子交給其中一個人的時候，我伸手輕輕一彈，那示蹤儀已附着在那人的衣領之後了。

那人提着箱子，向我揮着手，我看到他們登上了一輛奶白色的汽車，一直等他們的車子駛遠了，我才又奔上了書房。

我幾乎是衝進書房的，我立時自抽屜中取出了接收儀，按下了掣，在對角線四寸半的熒光屏上，我立即看到了一個亮綠點。

追蹤的距離只有八百公尺，是以我的行動必須快，等到那亮綠點離開了熒光屏之後，我便再也難以找到他們了！

第七部

驚人大發現

我提着接收儀，衝了下去，衝出了大門，上了車子。那時，接收儀的熒光屏顯示，那亮綠點在東南角，已快逸出跟蹤的範圍了。

我連忙開車，闖過了一個紅燈，總算，亮綠點還在，我比較從容了些，將距離控制在三百碼左右，一直跟隨着。

半小時後，亮綠點不再移動，而我在漸漸接近對方，當距離縮短到一百碼之後，我也停下了車子。

我大約等了五分鐘，亮綠點又移動起來，我也繼續開始跟蹤，很快，我就看到了那輛乳白色的房車。

我繼續跟蹤，當熒光屏上的示蹤點又靜止之後，那又是二十分鐘之後的事了，我的車子漸漸接近，距離縮短，最後，接收儀上，發出了「的的」聲來。

那表示，我和追蹤的目標，相距只有五十碼了。

我停下車，向五十碼距離範圍打量着。那應該是一個高尚住宅區，有很多棟獨立的花園小洋房，我看不到那兩個人，而每一棟小洋房的外表，看來也沒有什麼不同。

但是，我的注意力，立時集中在其中一棟洋房上，因為那房頂上，豎着一根形狀十分怪異，高約八九尺的天線。

那天線，好像是一根電視天線，然而我卻看出了它和普通的電視天線不同。在那根天線上，有着許多金屬絲扭成的小圈，和許多金屬的圓珠。

這時，正是下午時分，陽光照映在那根天線上，發出一種異樣的光芒。

我下了車，提着接收儀，試着走近那屋子，每當我走近，我就聽到「的的」聲更響，我已可以肯定，那屋子是我要跟蹤的目標。

我回到自己的車子中，駛回家去。

我已經發現了我要追蹤的目標，大可不必心急，我想晚上才來，而且不是我一個人，我要和白素一起來。

當我回到家中的時候，白素正在急得團團亂轉，在埋怨老蔡，不將我拉住。她看到了我，才大大鬆了一口氣：「你到哪裏去了？」

我和她一起上樓，將剛才發生的事，和她詳細地講了一遍。

白素聽了之後：「很好，就讓他們當你根本記不得過去的事好了，別再理會這件事了！」

我聽了白素的話之後，並不和她爭論，只是微笑着問道：「如果我當時，是那樣的人，你會嫁給我麼？」

我認為那樣一問，白素一定會給我難倒了，她不但不會再阻止我冒險，而且還會幫助我，和我一起到那地方去的。

但是，我卻完全料錯了！

白素根本連想也不想，便立即回答我：「當時，我或者不會嫁給你，但當時是當時，現在是現在，你已幾乎死過一次！」

白素講到這裏，略頓了一頓，才又道：「你不會再有那樣的運氣，而我也難以再忍受一次失去你的打擊，聽我的話，什麼也別理！」

我呆了半晌：「可是，我已偵查得很有成績，可以說，我已發現了他們巢穴！」

「他們是些什麼人？」

「我不知道，但是他們掌握一些很神秘的力量，他們似乎可以隨心所欲地做任何的事，這件事，我一定要徹底弄清楚。」

白素沒有再說什麼，她只是睜大了眼睛，望着我，漸漸地，自她的眼中，現出了一種令人心軟的悲哀的神色來，我被她那種悲哀的神色，弄得心向下沉，我道：「我們兩個人一起去，不和對方正面接觸，只是去察看一下，在有了一定的證據之後，立即知會國際警方！」

白素哭了起來：「不要迫我，我會答應你，但是我知道，我一定會後悔！」

我笑了起來：「別傻了，看，我沒有事，雖然我受了傷，但是我的生命並沒有走到盡頭，只是轉了一個彎，又回來了。」

白素抹了抹眼淚：「好，我沒有辦法，我知道你勸不聽。」

我拍着她的手背：「今晚行動，還有好些時間可以準備，檢查一下我們自製的麻醉針槍，以及其他的工具。」

白素又望了我半晌，才點了點頭。

她向樓上走去，我跟在她的後面，我們各忙各的，在草草吃了晚餐之後，我駕着車，和她一起離開了家，向我日間到過的地方駛去。

我將車子停在離那棟洋房只有三十碼處的一株大樹下，那時，天色早就黑了，那房子的二樓，有着燈火，下面是漆黑的。

但是在二樓的燈火，也一看就可以看出，是在經過了小心掩飾之後才露出來的。

我先取出附有紅外線鏡頭的照相機，對着那房子，拍了幾張照，我低聲道：「你看到過這種天線沒有？那是作什麼用的？」

白素搖着頭：「沒有，我未曾在任何地方看到過那樣的天線。」

白素講那樣的話，意義遠在其他人之上，因為她是那方面的專家，有關無線電的知識，遠勝我十倍。

如果白素也說她未曾見過那樣的天線的話，那麼，那樣的天線，一定有十分獨特的作用。

所以我又對準了那天線，拍了幾張照。

然後，我們等到天色更黑些，才離開了汽車，裝成是一雙情侶，走近那屋子。

那屋子的花園中又黑又靜，若不是二樓有燈光透出來，一定會認為它沒有人住，我們繞到了後牆，迅速地爬上了圍牆，翻進了院中。

我們一進了圍牆，立時奔向屋子，在牆腳下背靠着牆而立，心中都很緊張，屏住了氣息，過了好半晌，不見什麼動靜，我才低聲道：「你在牆腳下把守，我爬上去看看。」

白素皺着眉，但她沒有表示異議，只是點了點頭，我抬起頭來，打量了一下，要爬上二樓窗口去並不難，我先跳上了樓下的窗台，然後，扳住了窗簷，撐上身子去，我拉住了一根水管，身子上升着，不到一分鐘，我就在一個二樓的窗口之外了。

那窗口有燈光透出來，但只是一道縫，因為窗簾遮得十分嚴密，我小心拉了拉窗子，窗子在裏面拴着，那應該是最危險的一刻了，因為我如果要看清窗內的情形，就必須先弄開窗子。

我取出了一柄鑽石刀，用一個橡皮塞按在刀口上，使刀口緊貼玻璃，慢慢轉動着，那樣，鑽石劃破玻璃的聲音，便被減至最低。

當我再提起橡皮塞的時候，橡皮塞已吸下了直徑約四寸的一塊玻璃，我已成功地在玻璃窗上，開了一個洞，而這時，我也立即聽到了自屋中傳出了一陣十分異樣的聲響。

那是一連串不斷的「得得」聲，和另一些像是用低級收音機收聽短波時發出來的嘈聲，有的聲音，還極其尖銳刺耳，我略呆了一呆，輕輕地將窗簾向外頂開了一些，向內望去。

當我聽到那種奇異的聲音之際，我已經知道我一定可以看到一些十分怪異的事情。

但即使我有了心理準備，當我看到了室內的情形之後，我仍然驚訝得幾乎怪叫了起來。

那實在太奇特了，這是一所普通的住宅房子，但是我所看到的東西，卻絕不是一所普通的住宅中所應有的，那應該屬於一座現代化的工廠所有。

我看到那房間內是一具巨大的電腦（我猜想那是電腦，或者是類似的裝置），在控制台前，坐着兩個人，那兩個人，正是到我家中來的那兩個。

他們正在控制台前，忙碌地工作，不斷地在按鈕，和調節着一個可以旋轉的掣鈕。

在他們的面前，是一幅熒光屏（那也是我的猜想，它是類似熒光屏一樣的東西，作銀灰色），在熒光屏上，正不斷地在閃耀着各種各樣的光點和線，交錯複雜，完全看不出名堂。

看那兩人的情形，那兩個人忙碌工作的目的，是想能在熒光屏上現出可看到的物事來。

我不由自主地屏住了氣息，他們是在幹什麼？是想要接收一些什麼？這兩個人是什麼人？他們這個機構，又是什麼機構？

這一連串的疑問，充塞在我的心中，我轉頭向下看了一下，白素向我作了一個手勢，表示一切都正常，我又轉頭向窗內看去。

那時，那兩個人已停止了動作，抬起頭來，一起望定了那幅熒光屏，我也和他們一起，注意着。那熒光屏這時是一片漆黑的。

也不知是從什麼地方傳出來的聲音，那是一陣「吱吱」聲，尖銳得使人難以忍受。

突然之間，「吱吱」聲停止了，熒光屏上，突然閃起了一片奪目的光芒，接着，又黑了下來。但是在由光亮到黑暗的那兩三秒鐘之間，我看到熒光屏上，出現了一個十分怪異的物體。

這一次，我甚至難以舉出那物體相似的東西的名稱來稱呼它！

那像是一個圓球，但是形狀略扁，它像是在旋轉，好像有一定的閃光，它是漆黑的。

由於它出現在熒光屏上的時間很短，是以我在眨了眨眼，想看清那究竟是什麼時，它已消失了，我的第一個念頭是：那一定是熒光屏上的故障，或者是接收不良，是以才會有那樣情形出現的。

但是，我立即知道，我料錯了。

因為那兩個人，直了直身子，像是他們完成了什麼重要的工作。

其中一個道：「今天的情形不怎麼好，恐怕是最近一連串太陽黑子爆炸的影響。」

另一個道：「不會吧，它的距離，是地球和太陽的一百三十倍。太陽黑子的爆炸，不可能影響到它的。」

那一個道：「自然有影響，當無線電波進入太陽的影響範圍之際，就受干擾了！」

如果說，我才一看到室內的情形時，便呆了一呆的話，那麼，當我在聽完了那樣的對話之際，我是整個人都呆住了，我甚至感到了一種麻痹，像是我的所有肌肉，都在那剎間僵硬了。

從那兩人的對話中聽來，剛才在熒光幕中出現的那東西，它的距離，是地球對太陽的一百三十倍，那究竟是什麼？地球上的人，從來也未曾設想能見到那樣的一個距離外的物體，地球距離太陽是九千二百八十九萬里，一百三十倍，那就是一百二十萬零七千五百七十萬里！太陽的光來到地球，要經過八分鐘，無線電波前進的速度，和光的速度一樣，從這樣的距離之外，發射的無線電波，要在地球上接收到，也要經過十七小時零二十分鐘之久。

在那樣的距離之外，有一個球狀物體，而那物體，在地球的某一處的熒光屏上，可以出現，有那樣的可能麼？會有那樣的事麼？

我因為屏住氣息實在太久了，是以我的胸口有點隱隱作痛，我緩緩地吸着氣，只聽得那種吱吱的叫聲，又傳了出來。

我連忙向熒光屏注視去，只見熒光屏上，出現了許多亮點，那些亮點，在固定了幾秒鐘之後，便開始變換它們的排列，它不斷變換着，足足變換了五分鐘之久，突然，熒光屏又黑了下來。

那兩個人中的一個，掀起了一個金屬蓋，從裏面拉出了一條長紙條來。

一看到那樣的情形，我又大吃了一驚。

因為照那樣的情形看來，那兩個人，像是正在接受着什麼通訊，難道他們是在接收着距太陽一百三十倍的遠距離來的通訊嗎？

當我在那樣思疑之際，那兩個人一起全神貫注地望着那字條，其中一人突然失聲道：「不會吧！」

另一人道：「他們從來也不會弄錯，你別忘了，他們能夠探索人的思想，截獲人腦所發出的微弱的電波！」

我聽到這裏，已經傻了，因為能夠探知人的思想，能夠截獲人腦所發出人的微弱電波，那決計不是地球人所能做得到的事。

那麼，這兩個人口中的「他們」，一定不是地球人，而是外星人！

那一個人又道：「這傢伙太可惡了，他竟敢假裝失憶來欺騙我們，我們快去解決他！」

另一個放下手中的紙條：「對，不解決他，只怕後患無窮！」

他們兩人，一起站了起來。

而在那剎間，我也知道他們在說的是什麼人，他們是在說我！

我裝成了失去記憶，已經將這兩個人瞞過去，可是他們現在，卻又突然知道了我並不是真的失去記憶，那自然不是他們兩人突然想出來，而是有什麼人，告訴了他們。

而且，我還可以知道，他們是從那紙條上得到的消息，看來，好像是什麼人，用無線電通訊的方式，通知了他們，我並不是真的失憶！

我的心中起了一種極其奇異的感覺，因為那實在不可能。除了這兩個人之外，我未曾接觸過任何別的人！

那麼，什麼人能將我假裝失憶一事，通知他們？

我盡力使我自己鎮定下來，我又注意到了他們的對話，那告訴他們的人，一定就是能截獲人類微弱的腦電波放射的那些人了。

那麼，那些人是不是會告訴這兩個人，我已經在他們的窗外了呢？

一定會的！

而如今，那兩個人之所以未曾獲得通知，是因為他們和發出的消息的「人」之間的距離，實在太遠，那距離是地球到太陽間的一百三十倍，就算以無線電波的速度來通知這兩個人，也要很長的一段時間，這就是這兩個人，為什麼直到現在，才知道我的失憶是假裝的原因！

在剎那間，我看到那兩個人站了起來之後，自一張桌子的抽屜中，取出了一柄裝有滅聲器的手槍來。

我自然知道他們的手槍的用處是什麼，他們是要去殺我，我心中迅速地轉着念，我是立即現身呢？還是等他們去撲一個空？

我也立即有了決定，我決定讓他們去撲一個空，那麼，我可以仔細搜索這間屋子，和在這裏，以逸待勞，等他們回來！

所以，我立時轉過頭來，向在牆腳下的白素，作了一個手勢，令她隱藏起來。

那時，這兩個人已走出了那房間，我看不到他們下樓，但是不多久，我就聽到了一陣汽車引擎聲，和看到一輛汽車，駛了開去。

第八部

控制人類走向盡頭

我忙又向白素裝着手勢，白素也迅速地攀了上來，我等她來到了我身邊之後，將我所見到的情形，對白素說了一遍。

白素的面色蒼白：「你的意思是，這兩個現在到我們家，要去殺你的人，不是地球人？」

我搖着頭：「我只是肯定，他們正接受着不是屬於地球的外星人的指揮，在進行工作！」

我一面說着，一面已弄開了窗子，和白素兩人，一起跳進了那房間中。

我指着那熒光屏：「剛才，我曾在這熒光屏上，看到過一個奇異的球狀體。你可會使用那些按鈕麼？這究竟是一副什麼儀器？」

白素抿着嘴，她並沒有回答我的話，只是來到了控制台前，仔細地打量着每一個按鈕。

她打量了足有十幾分鐘：「我從來也未曾見到過一副那樣的機器，但是我可以試試。」

她說着，已連續地按下了好幾個按鈕，又旋轉着一個有金屬柄的東西。自儀器中，立時出了一陣十分嘈雜的聲音來。

接着，熒光屏也閃亮了起來。

白素一面注意着熒光屏上的變化，一面仍然不斷調整着各種按鈕，又過了幾分鐘，突然，熒光屏上又出現了那個球體！

這一次，那個球體，看來異常清晰，我甚至可以清楚地看到它的發光部分，是六角形的！

球體的出現，為時卻十分短暫，白素後退了一步道：「那是什麼？」

我搖着頭：「不知道，那好像是一艘太空船。」

白素吸了一口氣：「是一艘太空船，毫無疑問它是，它停在太空，卻對地球上的某些人，發出指令，叫他們做這個，做那個！」

我呆呆地站着，那就是「神秘力量」的來源了！

看來，受這艘太空船指揮的人，不止眼前這兩個，可能在世界的每一個角落都有，所以，才會有李遜博士的神秘失蹤！

白素又去調弄那些掣鈕，但是那球形體，卻始終未曾再出現，顯然她對那副接受儀，還有不明白之處，剛才可以看到那球形體，只不過是湊巧而已。

又過了將近半小時，我看到一輛車子駛近來，我忙道：「小心，他們回來了！」

白素立時關閉了所有掣鈕，房間中靜了下來。

我和白素，一起到了門口，背靠牆而立。不一會，就聽得有腳步聲接近，似乎還有人在講話，接着，房門打開，兩個人走進來。

我和白素是同時出手的，當他們走進房門來之際，我們踏前了一步，一起出手，箍住了他們的頭，我立時伸手在被我箍住的那人的額上，重重擊了一拳，那人立時昏了過去，我在那人的上衣中，搜出了手槍，任由那人倒在地上，然後，用槍指住了另一個人。

白素也在那人的身上找出槍來。

她手臂一鬆，那人狼狽地跌出了一步，白素的槍，也對準了他。

我向那人冷笑着：「令得你撲了一次空，真不好意思。」

那人的面色，難看之極：「你……怎麼知道我要去殺你？你不可能知道。」

我冷笑着：「有人通知你，我的失憶是偽裝的，難道就沒有人通知我，說你們要對我採取行動麼？」

那人面上的肌肉，登時抽搐了起來，他發出了難看之極的笑容：「他們……他們……」

我道：「他們嫌你們兩人太笨，都將你們兩人取消了，你明白取消是什麼意思？」

我那時講的話，全是信口胡謅的，但我確知他們兩人，受人指使，一切受人指使的人，最怕指使他們的人忽然不要他們了，那是不易至理。

那人的身子不由自主發起抖來，但是在突然之間，他停止了發抖，搖頭道：「不會的，整個亞洲地區，只有我們兩個人，你在說謊！」

我笑了起來：「是的，我是在說謊，但是我總算套出你一句真話來了，亞洲地區只有你們兩個人，你們兩個人，是受什麼人的指使？」

那人的態度變得強硬起來，他道：「我看，你還是別多打聽什麼的好，你知道太多了！」

我將手中的槍，拋了一個十分美妙的花式，然後，將槍直送到他的面前：「正因為我已知道得太多了，所以你該知道，你們再能活下去的機會，也微乎其微，明白麼？」

那人的身子突然向後退去，但是他只能退出半步，因為白素在他的身後，立時也用槍抵住了他的後腦。那人的頸部變得僵硬，只有眼珠在轉動着。

我又道：「我不能放你，因為我放了你，你們會再來殺我，而且，你們對謀殺的安排如此奇妙！」

那人的聲音發着抖：「你……你剛才說我活下去的希望，微乎其微，並不是說我不能活！」

我道：「對，那要看你怎麼做了，除非你使我知道得更多，多得跟你一樣！」

那人尖聲叫了出來：「不能，我不能那樣，他們一樣會毀了我！」

我冷笑着：「你或者還可以逃避？」

那人的聲音之中，帶着哭音：「我無法逃避，他們可以控制我的思想，他們會催使我去自殺，他們會使我做出任何事情來。」

我略呆了一呆才道：「那麼，他們為什麼不催使章達去自殺？而要指使人去謀殺他？」

「章達不同，你也不同，」那人喘着氣：「地球上的人分成兩種，一種，他們只能探測到腦電波，還未曾找到控制的辦法，但另一種，他們卻可以控制，可以命令去做任何事。」

我忙又問道：「他們是誰？」

那人又尖叫了起來：「我不知道，我真的不知道，別迫我。」

我又將槍向前伸了伸：「我一定要迫你，一定要，你不說，我立即就打死你！」

那人哭了起來，他想以雙手掩住臉，但是他根本無法那樣做，因為我的槍離他的面部太近了，其間根本容不下他的手！

他神經質地尖叫着，我則冷酷地道：「我從一數到五，朋友，別以為我不會開槍，你不但殺了我的好友，而且，也令我幾乎死去！」

那人抽泣着：「章達的死，不關我們的事，只因為他發現了許多人的行動不受自己的控制，他發現了他們的力量！」

我要竭力鎮定心神，才能使自己繼續站着。在那一剎間，我是多麼想坐下來，好好地想上一想！許多人的行動不受自己控制，而受着另一種神秘力量的控制，那是多麼可怕的事情！

但是，我立即想起了章達和他的學生們在各地拍攝來的那些紀錄片，那些紀錄片中，除了狂暴、混亂、殘酷之外，什麼也沒有，紀錄片中那些狂亂的人，難道他們是依照他們的本性在行事，難道人的本性是那樣的？

我又將槍送前了半寸，槍口一定很冷，因為當槍口碰到那人的額頭時，那人的身子，又顫抖了起來。

我道：「那很好，我也發現了他們的力量，我也難免一死，我更不必顧忌什麼了！」

我的手指，已慢慢在扣緊槍機，那人可以看到這一情形的，他突然怪叫了起來：「好了，我說，我說，我說了，至少可以多活十幾小時！」

我的手指又慢慢鬆了開來。

我的氣息也十分急促，是以我要特地調勻氣息，然後才能說話，我道：「好，是怎麼開始的？」

「我也說不上來，我們喜歡研究無線電，自己裝置了一個很完善的接收台，和世界各地的業餘無線電愛好者，都有聯絡……」

我催道：「說下去。」

那人又道：「忽然之間，我們對於改進我們的裝置，有了許多新的想法，這些想法，即使最新的無線電技術書籍，也還未曾提到過，我們不斷改良我們的裝置，有一些零件，根本買不到，我們就自己動手來製造，我們忽然又知道了用一個特殊的方法，來提煉一種新的半導體，使我們的設備更完善！」

他在講的時候，眼珠一直望在槍管上。

我將手槍向後縮了一縮，那人又道：「經過了一年的時間，我們完成了裝置，他們的通訊，就直接開始了，我們這才知道，原來一切我們根本未曾學過的知識，全是他們給我們的，是他們用微電波的方式，注入我們腦中，他們具有那種力量！」

我沒有再說什麼，他也停了很久。

白素先打破沉寂，她問道：「那個球形體，就是他們的星球？」

「不是，那是他們的一個太空站。」

「這個太空站的距離是地球和太陽間的一百三十倍，對不對？」我問：「那麼他們的星呢？」

「我不知道，」那人低着頭：「我曾問過他們，但他們說，太遠了，遠得不是我們地球人所能夠想像得到的，他們來到了可以控制地球人腦電波之處，就停了下來，開始他們的工作。」

我深深地吸了一口氣：「他們的工作，那是什麼？是——」

我陡地打了一個冷顫，沒有再說下去。

白素反倒比我鎮定得多，她接了下去：「毀滅地球！」

那人搖着頭：「不是毀滅地球上的全人類，他們控制了許多可以受他們控制的人──」

他講到這裏，我又打了一個寒顫。

我的聲音，甚至有些發抖，我道：「他們……驅使那些人去暴亂，去盡量破壞，去毀滅人類的文化，讓人回到原始時代？」

那人抬起頭來：「或者説，讓人類的發展，走到了盡頭。」

我像是在自言自語：「為什麼？他們為什麼要那樣做？」

「地球人的科學發展，對任何星球上的人，總是有威脅的。」白素冷靜得使我驚訝：「他們的思想概念，倒和我們差不多，他們也知道防患未然的道理！」

我和那人都不出聲，房間中又靜了下來。過了好久，我才問道：「你……見過他們？」

「沒有，我只見過那球形體，他們住在那球形體之中，我們聽從命令，代他們做許多事，他們供給我們最豪華的享受，有一些受驅使的人，會自動送錢來給我們，但是現在……完了。」

「你是說，我們這裏發生的事，他們知道？」

「是的，他們可以知道每個人的思想！」

我並不懷疑那人的話，因為，他們至少知道我是假裝失憶的。

我慢慢地放下了手中的槍，過了很久，才又問道：「章達的研究報告中，詳細地提到了那種力量。那筆記簿是你換走的？」

「不是，是你們的僕人老蔡，他的腦電波，也是屬於可以控制的那一種，但是不十分穩定，使他們不能隨心所欲地命令他。」

我幾乎感到眼前一陣發黑，白素也吃驚地睜大了雙眼！老蔡，還有許多人，我們根本無法知道他們的腦電波是不是可以受控制，是以，他們也可以隨時做出完全出乎意料之外，和人性毫無相合之處的事情來！

我不禁苦笑着，任何人只要仔細想一想，這種事，實際存在的例子，實在太多，人會突然失去常性，好好地在工作崗位上的人，會離開工作，成群結隊地到街道上去呼囂擾亂，有希望的年輕人，會拿着鋒銳的小刀，在街頭上殺人放火。

甚至受了十多年教育的大學生，也會拿着木棒，敲打校舍的玻璃窗，盤踞着校舍，而不肯繼續接受教育。

有的地方，拚命在把人當成神，宣傳巫蹟而又將一個活着的糟老頭子當作神。

這一切，全是為了什麼？難道那是人的本性麼？如果那一切全是人的本性，那麼，人又是為什麼活着？因為這些人的所作所為，根本不是為了使人好好地活下去，而是要使人在極大的痛苦中死亡！

但如果承認了那一切瘋狂，全都不是人類的本性，而這種瘋狂，卻又是實際的存在，發生在我們的周圍，那又是什麼所造成的呢？

在那麼遠的距離之外，有一艘太空船，主宰那太空船的人，已有方法控制一部分地球人的腦電波，驅使他們去做違反人類本性的事，聽起來實在有點匪夷所思！

我和白素兩人，好一會沒有出聲，我們只是不時對望一下，我們雖然沒有說什麼，但是我們兩人的心情，卻全是一樣的。

那就是，我們明白，地球人的發展，已經到了盡頭，在暴力、動亂、瘋狂、愚昧和殘殺之下，地球人還能有什麼進步？

雖然，地球人不是全部如此，但是有什麼用，一個像丁阿毛那樣，從來也未曾受過教育的小流氓，就可以槍殺像章達那樣，對人類可以有巨大貢獻的學者！

而如果像丁阿毛那樣的人，手中不幸有着權力的話，那麼，更可以輕而易舉地使成千成萬對人類可以有重大貢獻的人死去！

我和白素，都看到了人類前途的黯淡，是以我們的心頭，都像是壓着一塊大石一樣。

過了好久，我才問道：「他們那樣做，目的是為了——」

那人一直低着頭，直到我這時問他，他才又抬起了頭來：「我曾經問過，他們說，地球人的科學如果再發展下去，總有一天，會發現他們的存在，他們的目的，就是不要地球人發現他們。」

我苦笑了一下，因為如果這是他們的目的，那麼他們將會輕而易舉，達到這個目的。

而我的心中，一點也沒有慶幸的感覺，因為我絕不以為那比他們毀滅所有地球人好多少，因為照現在的那種情形發展下去，整個地球上，根本沒有一塊安樂的土地，可以供給人們居住！

到處全是戰爭，到處全是暴力，那會令得地球人在極度的痛苦之中，苟延殘喘。

在那一剎間，我倒希望我自己是屬於腦電波能受他們控制的那一類，那麼，在渾噩之中，或者我還不會覺得有什麼痛苦。

但是現在，顯然我不是屬於那一類的。

我沒有再說什麼，只是站了起來。

我一站起，白素也站了起來，我們不再理會那人，我們將手中的槍遠遠拋了開去，然後，我們手拉着手，離開了那房間。

我們在黑暗中走着，一直向前走着，我們根本不知道該到何處去，我們也不想到何處去，只是不斷地走着，直到我們突然之間，發現無法再前進了，我們才一起站定。

在我們的面前，是一幅高大的牆，那幅高大的牆，在一個死巷的末端，我們站着，呆呆地望着那堵牆，心中不知是什麼滋味。

在那些時間中，我和白素兩個人，像是生存在另一個世界中一樣，在我們的心中，有一種十分迷幻的感覺，彷彿一切全不存在了，存在的，只是一條又黑又窄的巷子，巷子的一端，就是盡頭。

一直到有兩個警員走近我們，用奇怪的眼光打量着我們時，我們才回到了現實世界來，我們轉過身，走出了巷子，在天色將明時，我們回到了家中。

我們沒有再見到那兩個人，我想，我們再也見不到他們兩個人了。

因為在第三天，我們在晚報上看到了「豪華住宅神秘爆炸」的新聞，發生爆炸的，正是前三天晚上，我們曾到過的地方。

那兩個人，自然因泄露秘密，而受到了懲罰。

而我們，怎麼辦呢？

尾聲

在那以後的日子中，我們總以為一定會懷着一種十分恐懼的心理生活下去，因為我們已經知道了一個那麼可怕的秘密，我們已知道人類是在漸漸趨向末日，有愈來愈多人，不受自己的控制。

可是出乎我們的意料之外，竟並沒有那樣的心情，而只不過感到了一片茫然，而且，那種茫然之感，不必多久，也就消失了。

我想，那是因為人的觀念，受囿於空間，很難超出地球的範圍，總是以地球上的情形，去推論其他星球，無法想像別的星球之上的生命，是什麼樣的形態，和有着什麼的能力。同時，人的觀念，也受囿於時間，雖然明白了人類不是在向前發展，而是一步一步在走向死胡同，但因為那種「前進」，是十分緩慢，不是一下子到來的，當結果出現之際，已遠在我們的生命年齡之外了，所以，也就不那麼關切了。

那是我找出來的原因，但是我卻未曾提出來跟任何人討論過，甚至白素。

因為我再也不想提起這件事來，這樣的事，甚至連想也不必去想它，那絕不是想上一想，就可以有法子挽救的事，那是無法挽救的。
我們還是別想應該怎麼辦的好！

（全文完）

衛斯理小說典藏版　55

古聲

作　　者：　衛斯理（倪匡）
責任編輯：　黎倩雲　　楊紫翠
封面設計：　李錦興
出　　版：　明窗出版社
發　　行：　明報出版社有限公司
　　　　　　香港柴灣嘉業街18號
　　　　　　明報工業中心A座15樓
電　　話：　2595 3215
傳　　眞：　2898 2646
網　　址：　https://books.mingpao.com/
電子郵箱：　mpp@mingpao.com
版　　次：　二〇二二年七月初版
I S B N：　978-988-8526-75-8
承　　印：　美雅印刷製本有限公司